「お願い……最後まで、して」
「分かった」
俺は頷き、
コウネリアにキスをする。
そしてゆっくりと、
コウネリアと一つになる。

「まだたりない、もっとしたい」
「わたしだってもっとしたい」
セレスとパルテノス、二人は代わる代わる、俺にキスを求めてきた。

ダッシュエックス文庫

# 異世界最高の貴族、ハーレムを増やすほど強くなる2

三木なずな

# 23話

THE STRONGEST HAREM OF NOBLES

EP.23

夜、テントの中。

二重に敷いた寝床の上で寝っ転がっていると、テントの布の向こうに人の姿が見えた。

布越しに見える姿は、影絵状態ながらもはっきりと分かるくらい、女性的なシルエットだった。

「だれだ?」

そのシルエットがいつまでたってもまごまごしてそうだったから、俺の方から声をかけた。

「あ、あたしだ」

ハスキーな声とともに、一人の女がテントに入ってきた。

百六十センチくらいの、大柄な女だ。

まるでヨガウェアのような薄着からすらりと伸びる手足は、筋肉質ってほどじゃないが、鍛えられたしなやかな美しさを感じさせる。

「お前はたしか……」

「エリンだ」

俺は小さく頷《うなず》いた。

エリンという女は、日没の頃に出くわした、旅芸人一座の中心にいた女だ。

荘園《しょうえん》に向かう俺たちは、宿場町を逃したため、街道の途中で野宿をすることになった。

小さな家のような馬車があるし、その馬車にテントを積み込んでいたから、野宿は問題にはならなかった。

そろそろ野宿をしようかっていうところで、既に野宿の準備に入っている旅芸人の一座と遭《そう》遇《ぐう》した。

そこで旅芸人たちとテントなどを寄せ合って、一緒に野宿することにした。

野宿というのは、どんなに準備を整えようと、慣れていようと危険がつきまとう。

万が一の時のために、近くにフォローしあえる人間がいた方がいい。


――と、いうのは建前《たてまえ》で。

俺は狙い通り、女が来てくれたことに笑みがこぼれた。


「は、話し相手はいらないか。あたしこう見えても――むぐっ！」

遠回しに切り出してくるエリンに近づき、そのまま唇を奪った。

エリンは一瞬、目をカッと見開くほど驚いたが、すぐに目を閉じて俺のキスを受け入れた。

まずはついばむキスをした。

ちゅっ、ちゅっ――と、密着する二人だけにしか聞こえない程度の小さな音を立てながらのキスをする。

ここに来るまで大分まごついたのか、夜風で唇がすっかり冷え切っている。

まずはそれを温めてやりながら、まだすこし硬さが残る緊張をほぐしてやった。
しばらくすると、これた水飴《みずあめ》のように唇が熱をもって柔らかくなってきた。
そこにゆっくりと、誘うように舌を差し込む。
エリンはビクッとした。

口が半開きになって、俺の舌の侵入を許す。
が、舌を絡めようとしても、絡めてこなかった。
舌を口の中に差し込んで、先端でツンツン、ツンツンとさそうようにノックする。
それをしてもエリンは舌を絡ませてこない。

緊張しているのか、それとも慣れていないのか。
舌のノックに反応して同じようにノックし返してくるが、舌を絡ませようという動きは見えない。

受け身タイプなのかもしれないな。

それならそれでいい、と、俺は顔から離れて、ふっと微笑《ほほえ》んだ。

「こっちに背中を向けろ」
「う、うん」

エリンはおずおずと頷き、くるりと半回転して、言われたとおりに背中をこっちに向けてきた。

俺は後ろからエリンをそっと抱きしめた。

腕を回して体ごと包み込むように抱きしめた。
百六十センチくらいで大柄な方――とはいっても、それは女の子として見た場合の話で、男の俺からしたら普通に女の子の範疇《はんちゅう》だ。
だから、エリンの体はすっぽりと俺の腕の中に収まった。

「……っ」

抱きしめられたエリンは、体を強《こわ》ばらせた。

慣れていないようだが、ここまできたら関係ない。
やめる選択肢《せんたくし》なんてもうあり得ない。
文句なく美人だし、スタイルもいい。
何よりも緊張こそしているが向こうもその気だ。

だから、やめる理由がどこにもない。

気を遣ってやめるのが、優しさとは限らない。
場合によっては気を遣ったからこそ、少し強引に進める必要もある。

今はその時だ。

俺は後ろから抱きしめながら、服の上からエリンの胸を揉《も》んだ。
布越しに、胸の先端を意識して避けるように、形の良いバストを揉みしだいた。

「んぅ……ど、どうして……」
「ん？」

「もっと……強くてもかまわない」

「そうか、分かった」


俺はそう言いながらも、手の動き、揉む力加減を変えなかった。

そのままの力加減で揉み続けた。


乳首を避けて、まわりを重点的に揉んだ。

形のいいバストは、布の上からでも分かるくらい弾力充分で、それを揉んだときのエリンの反応もよかった。

手の動き、そのリズムに合わせてなまめかしい吐息を漏《も》らす。


胸の感触、そして吐息混じりの声。

それは充分にこっちの劣情《れつじょう》を掻《か》きたてる色っぽいものだった。


下半身に血液が流れ込んで、ズボンが張り裂けそうになるくらい膨《ふく》らんできた。

無節操《むせっそう》に反応する息子を無視して、俺はひたすら、エリンのおっぱいを揉み続けた。

「……なあ、もっと先も──んん！」

振り向き、肩越しに潤んだ瞳を向けてくるエリンに先んじて、手の行き先を変えた。

左手はおっぱいのまわりを揉んだまま、右手を下の方に這《は》わせた。

指先をつつつ──と、布越しでぎりぎり伝わる程度の力加減で触れつつ、太ももに向かわせた。

そして、子鹿のようにしなやかなももの内側をフェザータッチで撫《な》でた。

おっぱいのまわり、そしてももの内側。

両手ともに、肝心《かんじん》なところを外しながらの愛撫《あいぶ》を続ける。

血管や神経が密集しているももの内側を撫でられたエリンは、一瞬だけ快感が増して、それで懇願《こんがん》の言葉を呑《の》み込んだが、次第にまた、物足りなげな声を漏らすようになった。

乳房だけ揉んで乳首をスルーしたのと同じように、太もものまわりも優しく撫で回すが、大事なところは徹底的にスルーした。

「な、なあ。もっと……ひゃう！」

また何か言ってこようとするエリン、今度は後ろから首筋にチュッ、とついばむ程度のキスをした。

何度も何度も、音を立ててキスをする。

しかしそれは唇の外側、皮膚《ひふ》の部分を押し当てるだけのキスだ。

唇さえ使っていない、キスもどきなもの。

音は立てるが、唾液《だえき》や粘膜《ねんまく》は一切触れないキスもどき。

次第に、これにも慣れて、不満を訴えようとするエリン。

「――ッッッ!!」

口を開きかけた直前、三カ所を同時に攻めた。

左手は乳首の先端を触れるか触れないか程度の力加減でかすめて、股間《こかん》は指の側面を少しだけ押し当てる。

首筋へのキスは、舌をちょんと出して軽くつっついた。

じらしてからの同時攻撃。

どれも「ちょこっとずつ」だったが、たっぷりじらされて、訴える度《たび》にスカされてきたエリンの体は、まるで乾ききったスポンジに数滴の水だけをたらされたかのように、その全てがしみこんでいった。

三カ所攻めで、エリンはビクン、ビクンと体を震わせる。

そして、一際《ひときわ》大きな波がきた。

俺の腕の中に抱かれているのにもかかわらず、体が弓なりになるほど反応をし、直後に脱力してぐったりとなった。

「まだだ」

「ああん！」

イッた直後のエリンを休ませることなく、さらに攻め続けた。

敏感になっている体がさらに敏感に反応する。

「ま、待ってくれ、あたし、いま――んぐっ！」

反論するエリンの口をキスで塞《ふさ》いだ。

首を振り向いての苦しい姿勢だが、キスされたエリンはそのままのポーズを維持した。

軽く首をよじれば簡単に逃げられるのにもかかわらず、そのままを維持してキスを受け入れた。

そんなエリンを愛《いと》おしく思った俺は、何度も何度も、本番前の愛撫で絶頂に導いてやった。

# 24話

THE STRONGEST HAREM OF NOBLES

EP.24

テントの外、星空の下。

俺は自分の手をじっと見つめていた。

エリンを抱いて、また新しいスキルをコピーした。


俺の名前はユウト・ムスクーリ、貴族だ。

しかしこの貴族になる前の名前は黒須悠人《くろすゆうと》、朝晩に通勤の満員電車でヘトヘトになっている中小企業のサラリーマンだった。

ある日通勤の電車の中で、いつものようにスマホにインストールしているアプリの、様々なログインボーナスを確認していたら、スマホからものすごい光が溢《あふ》れ出して、俺はその光に取り込まれた。

光の中で、俺は【ノブレスオブリージュ】という文字がみえた。

スキル、ノブレスオブリージュ。

それを持って、俺はなんと異世界の貴族の家に転生した。

何を言ってるのか分からないと思うが、俺も自分が何を言ってるのか分からない――と言いたいところだが、実のところ混乱はしたがなんとなく分かる。

異世界転生だ。

ここ数年マンガとかアニメとかで流行《はや》っているが、実は大昔から普通に物語としてあった、異世界への転生。

その異世界転生に俺は巻き込まれて、うだつのあがらない、手取り十三万円のサラリーマンから働かなくても何一つ不自由しない、貴族の三男に生まれ変わった。

そして異世界転生にありがちなチートスキルをもらった。

それがこの、【ノブレスオブリージュ】だ。

【ノブレスオブリージュ】でいま分かっているのは、発動するのは「女を抱く時」だ。

女を抱くと、抱いた女のスキルをコピーする。

しかもただのコピーだけじゃなくて、明らかに上位のスキルに進化するようだ。

例えば女の方で【ホ〇ミ】を持っていれば、それを抱いたら俺には【ベホ〇ミ】がつく――

というわけだ。


そして、身につくスキルの上限というのは今のところ見当たらない。


女を抱けばスキルが身につく。

さらに俺は貴族に転生した。

こうなれば遠慮《えんりよ》は何もいらない、と。

俺は女を抱きまくって、ハーレムを作ろうと決めたのだった。

そして今、エリンを抱いて新しいスキルをコピーしてきたわけだ。

「ワンナイトでもいけるんだな」

俺は自分の手を見つめながら、口角を持ち上げて笑った。

「ユウト様？」
「ん？　ああアウクソか」

背後から声をかけられて、振り向いた。
そこにパジャマ姿のメイド、アウクソがいた。

アウクソは俺がこの世界に転生してから、初めての相手だ。
こっちの世界の貴族は、女を抱いて一人前——という考えから、成人した日に女をあてがわれて、その女を抱いて「大人」になる。
アウクソは屋敷のメイドで、俺にあてがわれた女だ。

可愛《かわい》くて従順だったし、家を出るときに一緒に連れてきた。

そんなアウクソが、馬車から出て俺のところにやってきた。


「どうした、眠れないのか？」

「え？　う、ううん、そんなことは……」


アウクソはそう言いながら、伏し目がちながら、ちらちらと俺がさっきまでいたテントに目線を向けた。

女たちに明け渡した家のような——キャンピングカーのような馬車ではない、しっかりと設置した普通のテント。

それをちらちらと、何か言いたげな様子で見た。


「どうした、何か気になるのか？」

「あの……女の人」

「ん？」

「ユウト様、連れていくんですか？」

「んん？　……ああ、そういうことか」

俺はアウクソが言いたいことを理解して、フッと笑った。

「嫉妬《しっと》か」

「そ、そんなんじゃありません……です、よ？」

大声で反論しかけたが、その反論が尻すぼみに消えていくアウクソ。

「かまわん、気になる理由は分かる。俺も説明が足りなかった」

「説明、ですか？」

「ああ、あれは仕事だ」

「仕事？」

きょとん、と小首を傾《かし》げるアウクソ。

その仕草は小動物チックで、彼女によく似合っていて可愛らしく感じる。

俺は彼女に手招きをした。

不思議がりながらもさらに近づいた彼女の手を引いて、自分の横に置いて肩を抱き寄せた。


「ユウト様、いつからそういうお仕事を？」

「ちがうちがう、俺じゃない、向こうだ」

「え？」

「旅芸人はああやって体を売るのも仕事の一つだ」

「ええっ!?　本当なんですか？」


腕の中で、アウクソが盛大にびっくりした。


「ああ本当だ。昔からそうだぞ、別に珍しい話じゃない。特に俺は貴族だから、向こうからしたら大口の客と遭遇《そうぐう》できてラッキー、ってなところだろ」

「はわ……大変なんですね、旅芸人の女の人は」

「男もそうだぞ」

「え？」

「体を持て余してるマダムとかが相手だと男が出るしかないだろ」

「そ、そうなんですね……」

ますます驚き、ほとんど言葉を失ってしまうアウクソ。
この分じゃ男色《だんしょく》の話をしたら卒倒しかねないだろうな、と思い、俺はこの話をここで打ち切ることにした。

アウクソの肩を抱いたまま、星空を見上げる。
旅芸人があああして体を売るのは、一つは金、もう一つはコネをつくる為だ。
金。
俺もそろそろ、「金の稼《かせ》ぎ方」を考えておかないとな。

# 25話

THE STRONGEST HAREM OF NOBLES

EP.25

翌朝、俺たちは旅芸人の一座と別れて、再び目的の荘園《しょうえん》に向かって出発した。

馬車の中にいるのは俺とメイドのアウクソとアリスの姉妹、エルフのパルテノスの四人だ。女騎士のセレスは、護衛や警護も兼ねて、御者台に座ってもらっている。

「お待たせしました、ユウト様」

「しました」

まるでリビングのような馬車の中で、真ん中の食卓に座っている俺とパルテノス。そこにアウクソとアリスの姉妹が、メイドの仕事、朝食の給仕をしてくれている。

「へえ、すごいな。温かいスープが出てくるとは思わなかった」

俺はテーブルの上に並べられたメニューを見て、素直に感心した。

献立《こんだて》はシンプルだ。

肉と野菜を使った温かいスープに、こんがり焼けたパンがついている。

パンはまだしも、旅の道中で、肉と野菜が出てくるのは予想外だ。


「そんなに不思議なことなの？」


驚く俺とは真逆で、パルテノスはよく分かっていない様子だった。

きょとんとしている姿は、冗談とかイヤミとかじゃなく、本気で分かってないようだ。

「そうか、エルフは旅しないのか」

「え、ええ……ごめんなさい」

パルテノスはしゅんとなった。

俺はそんな彼女の頭に手をのせて、ポンポンと撫《な》でてやった。

「怒ってないし責めてもいいない、人生で関わりのないことを知らないのは当然のことだ。俺だって、エルフが迫害されている実態を、本当の意味で知ってるかっていわれたら、そんなに理解していない」

「そんなことはない！　あなたは理解してくれようとしてる」

「なら、お前も今から話を聞いて理解すれば良い」

「あっ……」


俺がにっこりと微笑《ほほえ》みながら言うと、パルテノスはハッとして、顔を伏せて、しかし嬉しそうな上目遣いで俺を見た。

「旅の長さにもよるけど、長ければ長いほど必要な食糧が増えるだろ」

「ええ」

「そうなると荷物も増える。食糧って重いんだ。というか水分を含んだものは全般重いんだけどな。だから普通は干し肉とか、干し野菜を持っていく」

「それを、水で戻せばいいんじゃないの？」

「水を持ってきたら、結局重量が増えて本末転倒だろ」

「あっ……」

厳密に言えば、肉も野菜も干せば長持ちするようになるから、完全に本末転倒というわけでもないけど、それをいうと話が複雑になったりするからやめておいた。

「そうなんだ……じゃあ、これってすごいことなのね」

「そうだな。これはどうしたんだ？　荷物の中にこんなに水はなかっただろ？」

俺が聞くと、アウクソが笑顔で答えた。

「はい、お水は作りました」

「作った？」

「そうです、昨夜から仕込みました。それと朝早く起きて、朝露を集めました」

「へえ。すごいな」

「朝露って、あの朝露？」

パルテノスがアウクソに聞いた。

森の中で生まれ育ったエルフにとって、「朝露」そのものは知っているみたいだった。

「えっと、たぶん……？」

アウクソが曖昧《あいまい》に頷《うなず》いた。

「嘘よね、あんなのちょびっとしかないじゃない」

「だから、お姉ちゃんがちょびっとずつ集めたんですよ」

それまで黙っていたアリスが口を挟んできた。

なぜかちょっと呆《あき》れた目で、自分の姉を見ていた。

「ユウト様のためにって、朝早く起きて、林に入ってちょびっとずつ集めたんだよ」

「うそ……」

「アリスっ！」

愕然《がくぜん》とするパルテノス。

その一方で、アウクソが大声を出して妹をにらんだ。

「あはは、こわいこわい」

アリスはいたずらっぽい笑みを浮かべて、姉の怒りを右から左へと受け流した。
今まであまり見てなかった笑顔。
姉と接する時にだけ見せる、悪意のない笑顔だ。

「ほ、本当に朝露をすこしずつ集めてきたの？」
「は、はい……」
「すごい……」

そうつぶやくパルテノスが、そのまま俺の方を見た。

「ん？」

何故かパルテノスは俺に尊敬めいた目を向けてきた。
心なしかその目は潤んでいて、熱をはらんでいた。

今の話だと、朝露を集めたのはアウクソだ。

尊敬とかいろいろあるだろうが、そういった類《たぐい》の視線は、アウクソに向けてしかるべきものなのだ。

なのに何故か、パルテノスは俺をそういう目で見つめてきた。

なんでだろう…………ああ。

少し考えて、普段使わないような頭の引き出しまでこじ開けて、やっと理解した。

女が男を評価する基準がいくつかあるが、その中の一つが「他人のものかどうか」っていうのがある。

よく言われているような、他人の彼氏はよく見えてしまう、というあれだ。

その善悪にはまったく興味はないが、「そういう基準もある」とだけ覚えていたから、気づくまでに時間がかかった。

そしてそれの亜種に、「あの女にあそこまでしてもらえるくらいいい男」という評価基準もある。

今がまさにそうだ。
アウクソは、たかが俺の朝ご飯のために、それに使う水のために、葉っぱから少しずつ朝露をかき集めてきた。

昨日野宿したところの近くに川とかの水源はなかったから、まともな水を手に入れるにはそうするしかなかったんだろうが、それでもやっぱり「そこまでする？」くらいの労力だ。

それにパルテノスは驚き、付帯的に俺の評価が上がった。

それはそうとして、そこまでしてくれたアウクソの健気《けなげ》さには報いてやらなきゃなと思った。

「アウクソ」
「はい」
「朝飯のあと、相手しろ」

「相手……は、はい！」

一呼吸遅れて理解するアウクソ。

その後、顔を真っ赤にしながらも、大喜びで頷いた。

それをアリスが「よかったねお姉ちゃん」的な笑顔で見つめ、パルテノスは羨《うらや》ましそうな目を向けたのだった。

☆

俺は車外に出て、御者席に飛び乗った。

初めてこの馬車のここに乗ったとき、見える光景に圧倒されたことを思い出した。

キャンピングカーのような巨大な馬車を曳《ひ》いているのは、複数頭の巨大な馬だった。

輓馬《ばんば》なんだろうか、元の世界で一番よく見る——といっても画面越しだが、それでよく見るサラブレッドの倍くらいの巨体だ。

一遍《いっぺん》に視界に入るのは二頭程度、それもまるで壁を見ているような巨大さで、初めての時は本当に圧倒された。

その馬たちが、馬車を難なく曳いている。

「終わったのか」

俺が横に座ると、鞭《むち》と手綱《たづな》を持っていたセレスが聞いてきた。

女騎士の格好をしたセレスはピンと背筋を伸ばして、まっすぐ前を見つめながら馬を操縦している。

「ああ。代わろうか？」

「大丈夫だ。しかしなるほど、朝からどこかへ行っていたと思ったら、そんなことをしてたのだな」

どうやらさっきのやり取りが、セレスにも聞こえていたみたいだ。

「知っていたのか」

「ああ」

「そうか……ありがとうな」

「むっ？　何がだ」

「警戒してくれてたんだろ？」

俺がそう言うと、セレスはちょっとだけ頬《ほお》を赤くした。

さっきから背筋をピンと伸ばして、前をまっすぐ見ているが、よくよく見るとまわりにしきりに気を配って、警戒しているのが分かる。

そこまでの旅じゃないから、俺は必要以上の警戒はしてないが、セレスは代わりにやっててくれたみたいだ。

よく見たら彼女自身が鎧《よろい》とセットで腰間《ようかん》につけている剣のほかにも、御者台に予備の長剣が置かれていた。

「私は、ただ――んむっ」

彼女のあごを摘《つ》まんで、まっすぐ前を向いていた顔をこっちに向けさせて、キスをした。

キスをするとき、口の中が濡れている女と、乾いている女がいる。

詳しく調べたわけじゃないので体感だが、普段から口呼吸とか、何もないときにぽかーんと口をあけてる女は、やっぱり口の中が乾いている確率が高い。

そして――キスもまた、濡れている方がしてて気持ちが良いもんだ。

普段からキリッとしてて、喋《しゃべ》ってないときは口を真一文字《まいちもんじ》に引き結んでいる女騎士は、口の中が濡れ濡れで、絡み合う舌がすごく気持ちよかった。

セレスの口の中をたっぷり堪能《たんのう》した。

「い、いきなりなんて」

「悪いな、可愛《かわい》すぎるから我慢できなかった」

「……もう」

セレスはちょっと拗《す》ねたような、しかしまんざらでもないような顔をした。

そのまま再び前を向いて、手綱を握り直した。

「……む?」

「どうした」

「何かが来る」

「ん?　あの砂煙……人間を乗せた馬か?」

セレスはこくりと頷《うなず》いた。

俺たちは道の先を見た。

ほとんど地平線になっているくらいの遠方から、砂煙を巻き起こしながら向かってくる一団があった。砂煙の数は……ざっと十はあるな。

それがこっちに向かって近づいてくる。

セレスの綺麗《きれい》な横顔に、警戒の色が現れた。

昨日からずっとこうしてくれてたんだろうな。そう思うと、ますますセレスが愛《いと》おしく見えてきた。

さっきアウクソを可愛がったばっかりだけど、またムラムラしてきた。

夜まで待つか、いや今ここで――と思ったその時。

俺たちの馬車の横を通った、馬に乗った一団が止まった。

次々と手綱を引くと、馬が前脚をばたつかせながらいなないて、一斉に横に止まった。

「おいおい、なんだこれ、馬車か？」

「こんなの見たことねえよ」

「中は、どんななんだ？」

男たちは馬車を見て、口々にそう言い合った。

こっちのことが見えていないわけでもないだろうが、まったく見えていないかのように好き放題言っていた。

「なあ、これ、欲しくねえか」

男の一人がそう言うと、セレスの眉《まゆ》がビクッと撥《は》ねた。

「中見てからにしようぜ」
「だな、こんだけでっかい馬車の中どうなってんだろうな」

「……おい」

それまで怒ったそぶりを見せながらも、黙っていたセレスが声を出した。
それで男たちが一斉にこっちを向いた。
よく見たら、全員がニヤニヤしている。

「今すぐ消えろ、さもなくば」
「どうするんだ、んん？」

男の一人がさらにニヤニヤして、セレスに言った。

理由は分からんが、わざと、こっちを挑発しているみたいだ。

「全員、叩っ斬る」

「おー、怖い怖い」

「斬られるのより突かれるほうがいいな」

「突くほうだろ間違えんなよ」

「いや、こいつは突かれるのも好きなんだよ」

男たちははっきりとした下ネタを言い合いながら、ゲラゲラと下品に笑った。

器用なもんだ。馬に乗って併走しながら、下ネタ言ったりからかったりしてる。

一方のセレスはというと――手綱を握りしめたままわなわなと怒りに震えている。

別にこの手の連中はどうだっていいが、セレスの頭の血管がぶち切れたら大変だ。


「セレス……全員殺せ」

「――っ！　はっ！」

俺の命令が出るや否《いな》や、セレスはものすごく嬉しそうに立ち上がった。

御者台で立ち上がって、手綱を引いて馬を止めた。

手綱を手放した後、腰の剣を抜き放って、男たちに斬りかかった。

御者台から飛びかかったその身のこなしは――。


「は、はええ!?」

「なんだ、この女!」


男たちは一斉に驚き、刀を抜いて応戦した。

飛びかかったセレスの初撃はかろうじて防がれたが、着地したセレスは間をおかずさらに斬りかかった。


まるで蝶《ちょう》のように舞いながらの肉薄に、男たちは馬の上であたふたした。

【騎士鎧《きしよろい》マスタリー】

俺に抱かれて、【ノブレスオブリージュ】で覚醒《かくせい》したセレスのスキルだ。

効果はシンプル、装着しているのが「騎士鎧」であれば、一切の重さを感じることなく俊敏に動けるという効果だ。


男たちはセレスの重厚そうな騎士鎧を見て、常識的に予測を立てていたようだが、セレスのスピードは完全に予想を上回っていたので面食らっていた。


「ユ、ユウト様？　何が――」

「安心して中にいろ」

「は、はい！　います！」


戦闘開始の音を聞いて、アウクソが不安そうに顔を出してきた。

その向こう側にアリスとパルテノスの姿もあって、二人も同じように不安そうな顔だ。

そんな彼女たちを安心させるためにも、なんでもないように振る舞いつつ、強めに言ってやった。

するとアウクソは素直にうなずき、馬車の中に引っ込んだ。

「ちょっとお姉ちゃん、何あっさり引き下がってるの」

「大丈夫、ユウト様が大丈夫って言ってるから」

「えー」

「大丈夫だから」

馬車の中から続けて声が聞こえてくるが、アウクソがなだめていた。

理由も何も言ってないのに信用してくれているのなら、中は任せても大丈夫——と、俺は戦況に目を向けた。

初手はセレスの「奇襲」が功を奏して、男たちは盛大に浮き足立ったが、そこはやはり人数の差があった。

次第に男たちは落ち着きを取り戻した。

「散れ！　女を囲い込め！」

「おう！」

かけられた号令に呼応して、男たちは手綱《たづな》を引いて散らばろうとした。

「……」

俺はゆっくりと立ち上がった。

そして、セレスが予備として置いていた長剣を抜き放った。

【流麗《りゅうれい》なる長剣マスタリー】

アリスを抱いて、【ノブレスオブリージュ】で手に入れたスキル。

これで長剣を手に持っていると、その振るい方がよく分かる。

考えてやるもんじゃなくて、なんとなく体が思い出す。

感覚的には自転車の乗り方と似ている。

自転車で「わざとコケろ」と言われた方が難しい、あんな感じだ。

長剣を振るって、馬を駆って散ろうとした男たちに先回りした。

「うわっ！」

進行方向に鋭い斬撃《ざんげき》を「置いておく」ことで、馬が驚き、男は自然と引き返すしかなかった。

それを続けた。

馬を駆って逃げようとする相手の外側に、まるで鳥籠《とりかご》のように斬撃を置いていく。

逃げ出そうとする相手を追い返す。

セレスのまわりに固まるしかないように男たちを追い詰める。

「ぎゃあああああ！」

長い均衡が破られた。

俺に追い返された男の一人が、セレスとばったり出くわして、斬撃を避けきれずに斬られた。

男は馬から転がり落ち、馬はいなないて逃げ出した。


馬はそのまま逃がした。

男を一人減らした分【流麗なる長剣マスタリー】の鳥籠をわずかに狭めた。

すると一人、また一人と、男がセレスに斬られた。

男が斬られていくにつれ鳥籠を狭めて、セレスのカバーをする俺。


「ま、まってくれ、悪かっ――」

「全員殺せ」

「はっ！」


程なくして、一人残らずセレスに斬り伏せられたのだった。

# 26話

THE STRONGEST HAREM OF NOBLES

EP.26

「はあ……はあ……」

セレスの息が上がっていた。

斬り伏せた男たちをゆっくりと見回しながら、荒い息を整えようとしている。

【騎士鎧マスタリー】で、鎧の重さを感じずに動けるとはいっても、それで本人の身体能力が上がっているわけではない。

騎士鎧を着けていても、例えば半袖《はんそで》半ズボンといった軽装と同じように動けるということだ。

半袖半ズボンでも全力疾走すれば息が上がる——セレスは今そういう状態だった。

そんなセレスがグルっとまわりを見回して、一人だけ、まだ息がある男を見つけた。

「た、たすけ――」

セレスは無言で向かっていき、容赦《ようしゃ》なくトドメを刺した。
俺が「殺せ」って命じたからか、それを忠実に実行した。

連中が殲滅《せんめつ》されたのを確認して、セレスに話しかけた。

「ご苦労。大丈夫だったか」
「感謝する、あなたのフォローがなかったら、こうはならなかった」
「ただの壁に礼を言うこともないだろ」

俺はふっと笑った。
そう、俺がやったのは「ただの壁」だ。

連中が逃げようとした時に壁になって押し返しただけ、それ以外のことは何もしてない。
サッカーとかで、審判にボールが当たったときは石に当たったのと同じ、審判は石――というのと同じだ。

だから感謝することはない、と言ってやった。

セレスはしばし俺をじっと見つめてから。


「それでも感謝する」

「そうか」

「……」

「今度はどうした？」


お礼を言った後も、じっと見つめてくるセレスに聞き返した。


「あなたはどれだけ——いや、その強さにいまさら感嘆《かんたん》しているだけだ」

「そうか。お前も強かったぞ」

「そ、そうか……？」

セレスは頰《ほお》を染めて、まんざらでもない表情をした。

それでまたムラムラしてきた、が——。

俺はまわりをぐるっと見回した。

連中の死体がゴロゴロ転がっているこんなところじゃ、と、ムラムラが一瞬首をもたげただけですぐに収まった。

こんなところじゃそんな気にはなれない、夜まで待つことにした。

「いこうか」

「はっ」

俺たちは馬車に乗り込んで、セレスの操縦で再び目的地に向かって出発したのだった。

☆

不日、俺たちは目的地である荘園《しょうえん》が見えるところまでやってきた。

街道からでもはっきりと、柵《さく》などで囲まれた村っぽいところが見えてきた。

荘園というのは、ものすごく雑にいうと、貴族が個人で所有している農村だ。

だからパッと見て、村に見えるのはなんの不思議もない。


「あれが目的の荘園なのね」

馬車の窓から、荘園の方に目を向けたパルテノスが言った。


「ああ」

「……誰かいるのね」

「なに？」


俺は眉《まゆ》をひそめた。

パルテノスの側から身を乗り出して、荘園の方を見た。

が、まだまだ一キロは離れている。

俺の目じゃ人がいるのかどうか分からなかった。

「人がいるのが分かるのか?」

「ええ、目は良いから」

「そうか」


俺は疑おうとは思わなかった。

一キロ先程度まで見える「目の良さ」というのは珍しい話ではない。

転生する前にこういうテレビ番組を見た。

視力検査は一〇〇メートル離れた先の絵を指さすというものだった。

「世界一目が良い村」というところに行って、村で一番視力が良い若者に視力検査をした。

それで絵の方向を代表の若者はあっさりと指した——が、その後ろにいる村の人間たちも全員同じタイミングで同じ方向を指さした。

つまりその村では、一〇〇メートル程度の視力検査じゃ、全員が難なくパスできるというわけだ。

日本に来ていたタレントの中にも、視力10・0なんていう人もいた。

それを考えると、本来森に生きるエルフの視力が良いというのは疑う余地がない。

「……」

「何を考えてるの？　ユウト様」

アリスが不思議そうに聞いてきた。

「あれは復旧されずに放置された場所だ。本来誰かがいるのはおかしい」

俺は少し考えて、パルテノスに聞いてみた。

「人数はどれくらいいるのか分かるか？」

「最低でも十人は」

俺の言葉を聞いて、放置されていた荘園に、誰かいるのはおかしいと理解したパルテノスは、すこし落ちたトーンで答えた。

ますます捨て置けない状況になった。

十人というのなら、偶然迷い込んだか通り掛かったというのは考えにくい。


「……廃工場、か」

「ユウト様?」

「いやなんでもない」

俺のつぶやきに反応して不思議そうな表情をするアウクソに微笑《ほほえ》み、ごまかした。

俺の頭の中に、廃工場にたむろしている不良ども、という光景が浮かび上がってきた。

そのイメージは元いた現代日本のものなので、異世界人である女たちに理解できるわけがないからなんでもないと言った。

そして改めて考える。

もし、そのイメージが本当なら、荘園はならず者かごろつきか、そういう類《たぐい》の輩《やから》に占拠されているってことになる。

……。

完全に推測でしかないが、その可能性がかなり大きいなって思った。
面倒臭《めんどうくさ》いことにならないといいんだがな、と、俺は密かに警戒したのだった。

☆

結論からいえばまったくの杞憂《きゆう》だった。
放置された荘園には確かに盗賊《とうぞく》まがいのごろつきが二十人くらい住み着いていたが、【流麗《りゅうれい》なる長剣マスタリー】で全員に手傷を負わせて追い出した。

「ふむ」

長剣を鞘《さや》に納めて、逃げ出していく連中を見送った。

同時に、戦闘終了だと分かったのか、女たちが一斉に馬車から出てきた。

「さすがだな」

「ん？　なんのことだ、セレス」

開口一番、俺を褒《ほ》め称《たた》えるセレス。

口調は落ち着いているが、瞳が熱を帯びていた。

「あれだけの数なのに一人も殺さなかった」

「ああ、そのことか」

俺は小さく頷《うなず》いた。

「どういうことですか、セレスさん？」

アウクソが不思議そうな表情でセレスに聞く。

「分からないのか？　あれだけの数がいれば一人くらいはうっかり殺してしまうものだ。実際、乱戦の中で一人も殺さないというのは、全員殺すよりも難しいことなんだぞ」

「あっ、ううん。そういうことじゃないんです」

「え？」

「お姉ちゃんが言いたいのは、ほら、その言い方だとユウト様はできたのにやらなかったって言ってるんでしょ。なんでしなかったのかって」

「う、うん」

妹のアリスがフォローしたのを、アウクソが慌てて頷いた。

「それは……どうしてなんだ？」

セレスはこっちに直接訊いてきた。

俺がわざと手加減して一人も殺さなかった、というのを女騎士としての経験で見抜けたが、なぜそうしたのかまでは分からないみたいだ。

「いや、だって」

俺はまわりを見た。

放棄された荘園《しょうえん》は、ごろつきに使われていたせいで二重にボロくなっていた。

ボロボロのトタン板張りの廃倉庫に、あっちこっちに吸い殻《がら》とかゴミとかが落ちているような、二重に汚くなっている感じなのが、この荘園の現状だ。

「ここに住むだろ、これからは」

「ああ」

「で、この状況だ。再建とか……それ以前に最低限の片付けがいる」

「それならお任せ下さい。ねっ、アリス」

「うん」

アウクソはアリスを引き込んで、前向きな感じで言った。

片付けと聞いて、メイドとして頑張らなきゃ、ってなったようだ。

「まあそれはそうなんだが、その片付けの時に二十体も死体があったら嫌だろ」

「あっ……」

「さっきのは盗賊《とうぞく》で野外だから、死体なんてその辺に放り出せばいいけど、ここで殺したら——」

「人間の死体の近くで過ごすのは嫌ね」

パルテノスが口を開いた。

言葉通り、いやそれ以上に本当に嫌そうな顔をした。

「つまりはそういうことだ」

「……あっ！　だからただ追い返したんですね」

アウクソがはっとした。

彼女に続くような形で、アリス、パルテノス、セレスも同じような反応をした。

「そういうことだったのか！」

「ああ、足が動けば勝手に片付いてくれるからな」

「さすがご主人様!!」

女たちは一斉に感心した。

中でもアウクソが一番感動している様子だった。


「さて、と」


俺はまわりを見回した。

さっきの連中は追い払ったが、荘園の中は荒れ放題のままだ。

バラエティー番組とかにでてくるゴミ屋敷一歩手前くらいの荒れ方だ、これは片付けるのに骨が折れるぞ。


さてどうするか、と思っていると。

「お任せ下さい！　ご主人様」

「ん？」

振り向くと、アウクソが可愛《かわい》らしく握りこぶしで意気込んでいた。

「がんばってお片付けします！」

「ふむ……まかせていいのか？」

「はい！　一生懸命がんばります」

「わ、私も」

アリスが少し遅れて、姉に同調した。

まだなって間もないから、アウクソと違ってメイドという自覚があまりないんだろう。

「分かった。任せる」

「はい！」

「が、がんばる」

アウクソとアリスの姉妹はそう言って、身を翻《ひるがえ》して連れ立って小走りで一番近くの建物に入った。

その意気込みようを見て、とりあえず二人に任せようと思った。

「では、私はこの馬車を停めてくる」

そう話したセレスに振り向いた。

彼女はすでに御者台に飛び乗っていた。

「頼む。荘園の中は荒れ放題だろうから、馬は適当なところに放牧してやれ」

「分かった」

セレスは頷き、鞭《むち》をしならせて馬車を動かして、荘園の奥に向かわせた。

普通は厩舎《きゅうしゃ》とかに入れて、カイバとかを用意するもんだが、今の状況だとカイバもなければ厩舎もどうなっているのか分からない状況だ。

幸いぱっと見、荘園の奥の方は雑草とか無駄に生い茂っているから、馬なら放牧しとけば大丈夫だろう。

馬車も馬も、セレスに任せれば大丈夫だろうと思った。


「ね、ねえ」

「ん？」

おずおずと声をかけてくるパルテノスに振り向いた。

美しいエルフは挑むような、それでいて怯《おび》えているような目で俺を見ていた。

「私は何をすればいいの？」

「……そうだな。荘園の中をぐるっと見て回ってくれるか？」

「荘園の中を？」

「ああ、俺も手分けしてそうする。とりあえず一通り見て回って、どこから手をつければいいのか、今すぐ使える何かがあるのかを把握《はあく》したい」

「分かったわ」

パルテノスは頷《うなず》き、荘園の奥に向かって歩き出した。

さて、俺も行くか。

パルテノスと手分けして荘園の奥に向かうことにした。

ならず者どもが占拠してたから、モンスターの類《たぐい》はいないだろうが、野生動物が入り込んでる可能性は高い。

ものによっては食材になったりするから、むしろいてほしいと思った。


「貴族十数年もやってたらなあ……」


俺は歩きながら独りごちた。

転生前の日本にいたときも、たまに食べるジビエ料理が美味《うま》かったりした。

転生して貴族になってからは、正直ただのサラリーマンの時よりもいいものを食べてる。

それが十数年だ。

今ならジビエ料理はもっと美味く感じるかもしれないな。

そうだな……フランス料理で一回だけ食べたことのあるウサギ料理とかいいかもしれないな。

そう思いながら歩いていると、荘園の入り口あたりに一人の女がいて、こっちをちらちら見てきてるのが目に入った。

女はバニースーツの格好をしていた。

「違うそうじゃない」

「えっ!?」

「いやこっちの話だ」

思わず声に出して数秒前の自分に突っ込むと、女は驚いて素《す》っ頓狂《とんきょう》な声を上げた。

それをなだめつつ、女を見る。

そこそこ――いや結構いい女だ。

白い肌と、バニースーツから伸びているすらりとした手足。

大きく露わになった胸元とはち切れんばかりのおっぱいが、健康美と色気がハイレベルで融《ゆう》合《ごう》している。

これほどの美貌《びぼう》にスタイル、そしてこの格好なら、まわりに百人くらいカメコが集まって、ハアハアしているような光景が容易に想像できた。

「それよりも、あんた何者だ？」

「あ、あたし旅の芸人なんだけど」

「へえ」

また旅芸人か、と思った。

それならバニーガールの格好もおかしくない……のか？

転生してからあまり旅芸人と直接、接する機会がなかったから、本当にこれでいいのかと少し迷った。


「そ、それで、その……一晩の宿を借りられないだろうか」

「なるほど」


俺は小さく頷いた。

そういうことならばと納得した。

転生前の現代社会と違って、こっちは旅しても必ず宿屋に泊まるとは限らない。

昨日の俺たちみたいに野宿することもよくあるし、小さな村とか教会のような宗教施設とかがあれば、そこに一晩泊まらせてくれるように頼むのはよくあることだ。

だから話は理解したが。

「泊めてやりたいのは山々だが……」

俺はちらっと背後を振り向いた。

視線の先に広がっているのは荒れ果てている荘園《しょうえん》だ。

ごろつきどもが占拠していたせいか、生活感だけはあって放棄されたという感じはしないものの、泊められる場所があるのか少し不安だ。

「ど、どこでもいいの！　屋根さえあれば」

「そうか。だったらすこし待て、もう少ししたら用意させる」

「ありがとう」

とりあえず彼女を待たせることにした。

俺たちの寝床もまだなんだ、彼女はその後だな。

現状盗まれて困るようなものもないし、俺が見回りしてる間に適当にその辺にいてもらうか――と思って振り向くと。

バニーの女はまわりをきょろきょろしていた。

「何を見てるんだ？」

「え？　えっと、その……あ、あんたって」

「ん？」

「ここの持ち主、なんだよな」

「……？」

俺は首を傾《かし》げ、バニーの女を見た。

なんの質問なんだ、それは。

今ひとつ理解できないまま、頷いた。

「そうだが？」

「前からか？」

「ああ、ここはずっとうちの持ち物だが」

「仲間たちはいないのか？」

「仲間？　それなら荘園の奥でそれぞれのやるべきことをやってるが」

「そ、そうか。ごめん、変なことを聞いて」

「ふむ」

俺はさらにバニーの女を見た。

何かわけありみたいだが――。

「も、もうひとついい？」

「なんだ？」

「夜の相手は……いらないか？」

「……ふむ」

俺は小さく頷いた。

バニーの女は緊張した様子で聞いてきた。

夜の相手というのは、もちろんそういう意味だ。

昨日、旅芸人の一座で抱いたエリンと同じことだ。

目の前のバニーの女は旅芸人だって自称した。

それでこの荘園の持ち主である俺に、夜の取引を持ちかけてきているわけだ。

「値段は？」

「そ、相場通りでいい」

「そうか」

俺は小さく、バニーの女に頷いた。

そして彼女に近づき、バニースーツの細い腰に手を回して、抱き寄せた。

「な、なに?」

「夜までまつ必要もないだろう、今すぐするぞ」

「ええっ! 今すぐって——んぐっ!」


驚くバニーの女をさらに抱き寄せ、体を密着させて、唇をうばった。

彼女は驚きに目を見開いた。

唇をついばみ、空いた手で彼女の手をとって、指を絡める。


「……」


唇も、手も冷たかった。

冷たいだけじゃなくどっちも固くなってて、小刻みに震えていた。

舌を試しに口の中に差し込んでみるが、まったく反応がない。

舌の先端をつんつん突っついてみたが、反応はない。

完全に男慣れしていない様子、下手《へた》したら処女かもしれないくらいの反応だ。

キスを中断して、顔を離す。

全身がカッチカチに硬くなっていたバニーの女は「これで終わり？」な顔をしていた。

正直キスしただけの反応じゃ「ハズレ」な部類だ。

こっちに合わせる気がまったくなくて、誘導してもまったく動こうとしない。

女日照《おんなひで》りの時ならともかく、まわりに何人もいい女がいる今じゃ、そんなに食指《しょくし》が動かないタイプ。

それでも、転生してから十数年ぶりに見るバニーガールにはちょっとだけ心動かされる。

我慢してやってみるか。

そう思って、バニーの女の膝裏に腕を回し、お姫様だっこのポーズで抱き上げた。

「ひゃっ！」

「とりあえず――あそこでいっか」

俺はまわりを見回して、ボロボロの小屋の裏側に彼女を連れ込んだ。
途中で小屋の中をちらっと見たが、ごろつきどもが使ってたせいで汚かった。
一人暮らしの男子大学生の部屋みたいな汚さだ。

さすがにその部屋でやる気が起きないから、建物の裏に連れ込んだ。

バニーの女をそっと降ろして、上から組み敷いて見下ろす。

「嫌なことはないか？」
「え？」
「嫌なこと、されたくないことがあったら先にいえ。このタイミングなら善処する。男は始まった後だと配慮《はいりよ》できるか保証できないからな」
「だ、大丈夫！」

バニーの女は一瞬たじろいだが、気丈に答えた。

「そうか。なら一つ――いや二つ聞かせてくれ」

「な、なに？」

「一つ目は、普段自分でどうやってしてる」

「え？」

　バニーの女はきょとんとなった。

「二つ目は、お前の名前を教えろ」

「あっ……あたしはコウネリア、コウネリア・ラゴス」

「コウネリアか。いい名前だ」

　俺は頷《うなず》き、するり、と体をスライドして、彼女の横に寝っ転がった。

　ならんで添い寝するかのような感じで、コウネリアの真横に寝た。

「何を――あん！」

　俺は手を伸ばして、コウネリアの股《また》の付け根に触れた。

　人差し指から薬指の三本を揃えて、バニースーツの上から大事なところを撫《な》でていく。

「いや……あん！　やめっ……」

「まだ答えてないぞ」

「えっ……ああん！」


言葉に反応するコウネリアに、三本指をちょっと強めに押し当てる。

布越しとはいえ、敏感なところを強めに圧迫されたコウネリアは嬌声《きょうせい》を上げた。


「どうした、答えは？」

「そんな……いじわる、やめっ……ん！」

「しょうがないな。これで答えられるか？」


俺はコウネリアへの愛撫《あいぶ》を一端やめた。

手をどかして、耳元でささやく。


「どうなんだ？」

「な、なにが……」

息が上がって、かすれた声で聞き返された。

「普段自分でどうやってしてるんだ？」

「そ、そんなの……」

「右手か？　それとも左手か？」

「それは……」

「どっちだ？」

口調が強くならない程度に、しかし答えるまでは許さないぞという意志を込めて、耳元でささやく。

コウネリアはしばしもじもじしたが、やがて観念したかのように。

「み、右手、よ……」

「そうか」

俺はそう言い、まずはちゅっ、とコウネリアの首筋についばむタイプのキスをした。

首筋を吸われたコウネリアの体が一瞬はねた。

それを見逃さずに、彼女の右手を取った。

白魚のような細い指の上に、自分の手を重ねる。

そのまま、彼女の股間《こかん》に導いた。

コウネリアの手が自分の大事なところにそっと触れて、俺の手がその上にそっと重ねる形になった。

「やってみろ」

「え？」

「説明はしなくてもいい、普段しているようにしてみろ」

「やん！　そ、そんな……」

「……」

俺は無言で、コウネリアに重ねた手に少し力を込めた。
そうしてしばし――大体十秒くらいか。
コウネリアは迷った末、観念したように自分で股間をまさぐりだした。

普段自分がしているように――オナニーを始めた。

俺はその手の上に自分の手を重ねた。
こっちからは力を入れない、重ねているだけにした。

「あん……ふぅ……んぅぅ!!」

大抵の女は、自分が自分の一番気持ちいいところを分かっている。
コウネリアは、自分が一番気持ちよくなれるように手を動かした。
嬌声の中、コウネリアの手の動きが少し変わる。
平面をさすっていた横運動から、奥に圧力を届ける為の縦運動になった。

平面をさすっていた時とは違って、縦への圧迫はいくつかのポイントに限定された。
そのポイントを一秒間隔で、押したり離したりを繰り返す。

「ん……あっ……は……んんっ……」

最初は「そんなことできない」と拒《こば》んでいたのにもかかわらず、コウネリアは次第にオナニーに没頭していった。

俺は重ねた手に少しだけ力を込めた。

「んんっ!?」

コウネリアの体が跳ねた。
直後にこっちを向いて、驚愕《きょうがく》の眼差《まなざ》しで見つめてくる。

「続けろ」

「え?」

「そのまま続けろ」

「う、うん」

コウネリアは戸惑ったが、俺の言うとおりに再開した。

さっきよりも少しためらいがちな手つきだが、自分を慰めた。

しばらくさせてやった後、俺はコウネリアの手と入れ替えた。

それまでコウネリアが自分を慰めて、俺の手がそっと上に重ねる形だったが、それが入れ替わって俺の手がコウネリアの手の下に潜り込む形になった。

そして、俺の手でコウネリアを愛撫した。

手を重ねたまま覚えた彼女の動きで、彼女の大事なところを愛撫した。

「あん！　だめっ、なんで……なんでこんなにっっ！」

コウネリアの体が岸に打ち上げられた魚のように跳ねまくった。

俺の手で盛大に感じ始めた。

手を使った愛撫というのは、よほどのことでもない限り、本人が自分の一番気持ちのいいところが分かるものだ。

これさえあれば！　っていうようなテクニックはない。

感じる場所ややり方は人それぞれだ。

だから俺は、まずはコウネリアに自分でさせて、彼女が感じるやり方を覚えた。

そしてもうひとつ、同じ触り方でも、自分の手と他人の手じゃ感じ方がまったく違う。

自分で腋《わき》の下や脇腹を触ってもどうもしないが、他人にちょっとくすぐられただけで盛大に感じてしまう。

自分が一番感じるやり方を、他人の手でしてもらう。

俺はそれでコウネリアを感じさせてやった。

俺の横で、コウネリアの体が何度も何度も、ビクンビクンとはねた。

「ああん！　もっと……そこ……もっとしてぇ……ひゃう!!」

「……」

「もっと……もっと……」

コウネリアは泣きそうな声で懇願《こんがん》した。

イキきらない、もどかしさに、体の中で火がくすぶっている状態なんだろう。

それもそのはず。

俺は彼女のオナニーを途中で止めた。

コウネリアが最後までイク前に自分の手に入れ替えた。

つまりこのやり方ではコウネリアは最後まで昇りつめることができないわけだ。

イキそうでイケない、そんなもどかしさがコウネリアを苛《さいな》み続けた。

「……そろそろか」

俺はそう言い、手をどかした。
すっかりビショビショになった手をさりげなくズボンでふいて、体を起こす。
コウネリアに背中を向けて、シャツのボタンとズボンに手をかける。
そのまま脱ぎ――となった瞬間。

背後から、コウネリアから伝わってくる気配が一変。
殺気が一瞬で膨《ふく》れ上がった。

俺は振り向き、彼女が突き出してきた腕を掴《つか》んだ。
バニースーツのパーツ、腕のカフスに隠していた針をもっていた。
針の先端はどす黒く濁《にご》っていて、これまた黒い液体が滴《したた》った。

それで俺を刺そうとしたようだが、逆に俺に腕を掴まれて身動きが取れなくなった。

「わけありとは思っていたが、こうきたか」
「離せ！　くっ！　このっ！」

「……」

俺はがっちりコウネリアの腕を掴んだ。

彼女はじたばた暴れたが、そもそも腕力に秀でているタイプじゃなくて、腕を掴まれただけでほとんど身動きが取れなかった。

まあ、だからこその色仕掛けなんだが。

「はあ……」

俺はため息をついた。

せっかくのバニーガール。

わけありが当たらなければよかったのに、と俺は残念がったのだった。

# 27話

THE STRONGEST HAREM OF NOBLES

EP.27

「離せ！」

「なんで俺を殺そうとする？　色仕掛けしてまで。お前に恨まれるいわれはないぞ」

「すっとぼけるな！　父さんと母さんを殺したくせに！」

「……ふむ」


俺はコウネリアの腕を掴んだまま考えた。


「それって——」

「な、何をしているのだ!?」

言いかけた瞬間、明後日《あさって》の方向からセレスの声が聞こえてきた。

そっちに目を向けるとセレスだけじゃない、パルテノスの姿もあった。

二人はびっくりした表情で、俺とコウネリアを見てきた。

そりゃ驚きもするだろうな。

あられもない姿の男女が二人で組んずほぐれつ——のようにみえて、女が針で男を殺そうとして、男がそれを力で押さえつけている。

どう見てもまともな光景じゃない、驚いて当然の光景だ。


「何をしてるの」

「半分はお前の想像通りだ。この子を襲った」

「残りの半分は？」

「俺の方が襲われた」

「——へっ？」

「……何を言ってるの？」

セレスはきょとんとなり、パルテノスはあきれ顔になった。

半分襲って、半分襲われて――そんなことを言われた二人は困ったり呆《あき》れたりしていた。

☆

「なるほど、そういうことだったのか」

「よくそれをかわせたわね。男はそういうことをする最中は、無防備になるって聞いたけど」

二人の協力を借りて、コウネリアを後ろ手に縛《しば》り上げて拘束《こうそく》しながら、事情を説明した。

コウネリアという旅芸人が現れて、それで抱こうとしたら暗殺されそうになって反撃した――ということを一通り説明した。

それを聞いたパルテノスが不思議に思って、聞いてきた。

「ああ、なにかわけありだと思ったからな。前戯《ぜんぎ》ついでにボディチェックできるような姿勢でやらせてもらった」

「――っっ！」

コウネリアは俺の言葉を聞いて、体を震わせながらにらんできた。

「色仕掛けには引っかからなかったってことね」

「違和感があったからな」

性取引――とどのつまり売春のようなものだが、それを聞いた現代人はする側がなにか悲壮《ひそう》感を漂わせているものだと連想するだろうが、実際のところそうじゃない。

俺がこの世界に転生してきて、大きく元の世界と違うって感じたのが、戦争と売買春に対するこの世界の人々の捉え方だ。

例えば農民に限っていえば戦争を嫌っていないし、怯《おび》えてもいない。

むしろ戦争の大半は貴族の都合で農閑期《のうかんき》に行われるものだから、農民にとってはいい出稼《でかせ》ぎ先だ。

戦争が何年も起こらないと逆に農民たちがじわじわと貧しくなっていき、やがて生活が立ちゆかなくなることも珍しくない。

売買春もそうで、旅芸人からすればこれまた貴重な収入減で、払いがよさそうな貴族とか商人とかを見かけるとむしろ積極的にもちかけるものだ。

少なくとも、そこに悲壮感がないのが普通だ。

だけど、コウネリアにはそれがバリバリあった。

だから俺は警戒した。

「すごいのね。私、娼館《しょうかん》に長くいて話だけは色々聞かされてきたけど、男がそういう時にそんな冷静でいられるなんて聞いたことがない」

俺はふっと笑い、それからコウネリアの方を向いた。

コウネリアは俺たちを見て、不思議そうな顔をした。

さっきまで俺を親の敵《かたき》かのように殺気丸出しで睨《にら》みつけてきたが、今はまったく違って、困惑しきった顔をしている。

なんでそんな反応をしてるのか——少なくとも会話は通じそうな状態になったから、聞いてみることにした。

「お前、なんで俺を殺そうとしたんだ？」
「あんた、ここのボスじゃないのか？」
「質問には質問で返すのか。ボスと言われればそうだな」
「その通りだ。我らの主だ」

俺の言葉を引き継ぐようにして、セレスがきっぱりとした口調でそう主張した。

「だったら！　やっぱり!!」

コウネリアはさらに強く俺を睨んだ。

「父さんと母さんを殺した敵！」

そして俺を文字通り親の敵かのように、またしてもにらんできた。

「私は！　お前を、お前たちをこの手で殺すまでは――」

「ご主人様、もしかしてご主人様がさっき追い払った人たちのことじゃないんですか」

「みたいだな」

「――死んでも、えっ？」

コウネリアの呪詛《じゅそ》が止まった。

きょとんとなって、俺たちを見た。

「ど、どういうことなの？」

「お前は自分の親の敵討ちに来たんだな、ここを根城にしてる連中に親を殺されたから」

「まだすっとぼけるか！」

「別に証拠があるわけじゃないんだが――まわりをよく見てみろ、お前の親を殺したような連中に見えるか？」

「えっ……うっ……」

コウネリアは言われたとおりにまわりを見た。

俺はともかく、まわりは全員が女だ。

女騎士の格好をしているセレスはまだ可能性がなくはないが、パルテノスはエルフという社会的弱者で、アウクソとアリスに至ってはか弱い少女だ。

俺は直前に「連中」を追い払ってて姿を知っているから、それで言ってみた。
案の定《あんじょう》、コウネリアは女たちを見て言葉を失っていた。

「でも……でも、父さんと母さんを殺した連中は確かにここを根城にしてるって。それに、お前はここが自分の持ち物だって」
「俺は貴族で、この荘園《しょうえん》はうちの持ち物だ。わけあって手つかずにしてたら連中が占拠してた」
「そんな……」

またもや絶句するコウネリア。
俺は彼女に近づき、縛り上げているロープをほどいてやった。

「いいのか、ほどいてやっても」

セレスが聞いてきた。

「ああ、敵じゃないし、もう大丈夫だろ。それに」

「それに？」

「……いや、なんでもない」

俺はコウネリアをちらっと見て、言いたいことを呑《の》み込んだ。

覚悟が足りない――というのは、今の状況であえて追い打ちする必要もなかった。

コウネリアは唖然《あぜん》としたまま、地面にへたり込んでいた。

状況は分かった。

さて、ここからどうするか。

「ねえ」

「ん？」

「色仕掛けを見抜いたみたいだけど、どうして？」

「何か引っかかるのか？」

「だって、あんたが……男が色仕掛けに引っかからないなんて」

「はは」

俺は天を仰《あお》いで、楽しげに笑った。

「な、何がおかしいのよ？」

「いや、お前らしいな」

娼館にいたパルテノス。

エルフゆえに客はつかなかったから、色々と知識先行の上、その知識も微妙に間違っている感じだった。

だから俺が引っかからなかったことにも、ピンとこなかったようだ。

「どういうこと？」

「彼女の覚悟が中途半端だったからな」

「中途半端？」

パルテノスは小首を傾《かし》げた。

一方、へたり込んで茫然自失《ぼうぜんじしつ》としていたコウネリアがパッと立ち上がって、瞳に生気が戻って再び嚙《か》みついてきた。

「私の覚悟をバカにするのか！」

「そこまで言うんなら」

俺はセレスの腰間《ようかん》から剣を抜いて、刃の方を持って、柄をコウネリアに差し出した。

コウネリアは驚いたが、反射的に剣を受け取った。

俺はさらに一歩踏み込んだ。

コウネリアが持っている剣の切っ先が俺の胸に触れた。

「ご主人様!?」

アウクソが悲鳴のような声を上げたが、俺は手をかざして「大丈夫だ」という意味合いのジェスチャーをした。

「な、なにを……」

「そのまま突き刺せば俺を殺せるぞ」

「な、なんで？」

「俺が親の敵かもしれないぞ」

「でもそれは――」

「違うって言うのも、こっちの一方的な言い逃れかもしれないぞ」

「そ、それは……」

「ほら」


俺は一歩踏み出した。

するとコウネリアは「ひっ」って小さな悲鳴を上げて、手を引っ込めて剣を落とした。


「ほら、覚悟が足りない」

「そんな！　だって無関係な人まで巻き添えにはできないよ！」

「敵討ちなんて暴挙の極《きわ》みだ。疑わしきは全て罰するくらいじゃないとやりとげられないぞ」

「ううっ……」

コウネリアは泣きそうになった。

そんなことを言われても……って顔をした。

「ご主人様！　見せて下さい！」

「お姉ちゃん、これ使って」

アウクソ姉妹は大慌てで俺に近づいてきて、上着を脱がせた。

剣を突きつけさせた時に一歩踏み込んだから、胸のあたりが少し切れていて、血がにじんでいた。

ピーラーで指を削《そ》いだのと同じ程度の出血でしかなかったが、アウクソとアリスは大慌てした。

俺は構わず、さらにコウネリアに言う。

「お前は復讐《ふくしゅう》を諦めろ」

「……」

「代わりに俺がやってやる」

「え？」

コウネリアはパッと顔を上げた。

俺の暴論と論点ずらしに丸め込まれてうつむいていたが、驚いてパッと顔を上げた。

「そのかわり、復讐に成功したら抱かせろ」

「……」

コウネリアはポカーンとなった。

そして色々気づいたのか、パルテノスとセレスは視線を交換して、苦笑いを浮かべあったのだった。

# 28話

THE STRONGEST HAREM OF NOBLES

EP.28

夜、館の中。
アウクソとアリスが大至急で片付けた部屋の中にいた。
荘園《しょうえん》の中で一番立派な建物で、荘園の管理人が住む館だ。
その館のリビングで、俺はコウネリアと向き合っていた。
セレスとパルテノスは気を利《き》かせて二人にしてくれた。
テーブルを挟んで座る俺とコウネリア。
バニーガールは、最初にあったときとは比べものにならないほど、意気消沈していた。
「本当に、手伝ってくれるの？」

「ああ。そのためには一つやらなきゃならないことがある」

「やらなきゃいけないこと？」

「お前の親の敵が誰なのかをはっきりさせることだ」

「どういうこと？」


不思議がるコウネリア。


「お前は今、親の敵が本当は誰なのか分からなくなってるだろ？」

「それは、ここを占拠していた奴らが――」

「そいつらが本当にそうだと言い切れるのか？」

「え？」

「実際に会ったとき、目の前の奴らが、本当にここを占拠してた奴らだって分かる方法は？」

「そ、それは……」


言葉に詰まるコウネリア。

「確証を持てる方法が見つからない限り、お前の胸のつかえは一生取れない」

「そうだけど——それはっ！」

納得しかけたコウネリアだが、キッとなって反発した。

「あんたが！　私にあんなことを言うから」

「そもそもお前がうかつなのが悪い」

「どこが!?」

「ろくすっぽ確認もしないで、俺を敵だって思い込んだのがもううかつすぎる」

「うっ」

「絶対にそうだっていう確証はないにしろ、『こりゃないわ』ってのはすぐに分かったはずだ」

「うぅ……」

コウネリアはまったく言い返せなかった。

これは駆け引きとか一切なく、俺の心からの感想だ。

「例えばこんなシナリオだったとして——確かにここには盗賊団《とうぞくだん》がいた、今も盗賊団だった。しかし今の連中は前の連中を追い出して力ずくでここを占拠した連中。ない話じゃないだろ？」

「それは……うん……」

「その場合もお前の敵討ちは空振《からぶ》ったわけだ。ろくすっぽ確認しないから」

「……だって、そんなこと考えられる状況じゃなかったんだもん」

「今は落ち着いて考えられるだろ？」

「……うん」


俺はフッと笑った。遠回りしたが、どうにか納得してもらえたらしい。

なんで俺はこんなにまわりくどいことをしているのかっていうと、愛撫《あいぶ》の途中で終わってしまったが、コウネリアのことを気に入ったからだ。

昨日の本当の旅芸人であるエリンと違って、抱いた後は手元に置いておきたいと思ったから。

そのためには、全てが終わった後に向こうに納得してもらう必要がある。


「……ねえ」

「どうした」

「ありがとう、ね」

そして今、その第一関門がクリアされたようだ。

コウネリアは心からのお礼を言ってきた。

「それは敵を討ったときまで取っておけ」

「それでいいの？」

「ふっ……」

俺は微笑《ほほえ》んだ。

俺が狙っているのは、全て終わった後に、コウネリアが心から俺の側にいたいって思うこと。

そのためには恩着せがましいのはマイナスになる。いちいち恩を押しつけるよりは、後払いでいい、結果だけ見てればいい――っていうのが一番だ。

釣りと一緒で、完全に釣り針がかかるまではじっと我慢の子が一番だ。

「さて、問題は何をやったらお前が納得するかだな」

「……」

「そもそも、なんでここにいる連中を敵だと思った」

「父さんが、死ぬ前にそう言ったから」

「遺言《ゆいごん》ってわけか」

「うん」

「そうか」

そういえば、彼女の両親がどういう状況で殺されたのか、まだろくすっぽ聞いてなかったことを思い出した。

「もうすこし詳しく聞かせろ。お前の両親はなんで殺された」

「分からない。あの日、父さんと母さんは街にものを売りに行ったの。前の日に運良く、鹿の親子連れが獲《と》れたから」

「ふむ」

俺は小さく頷《うなず》いた。

「猟師《りょうし》だったのか？　お前の親は」

「ううん、村で畑をやってる。だから鹿がたまに獲れるの」

「ああ、そうか」


俺はさらに頷いて、完全に納得した。

どうやらこっちでも、農民にとって鹿は害獣のようだ。

転生前に読んだいくつかのマンガの中で、鹿は農家にとっての害獣だというのを知った。

奈良の鹿公園の影響から、鹿は観光地で大人しくしているイメージがあったが、農家にとって鹿は駆除《くじょ》しないと死活問題になるくらいのやばいものだって知ったから驚いた。

転生してからは貴族だったたし、その辺りの「現場の実態」とは無縁だったから知らなかったが、どうやら同じようだ。

まあ、鹿が害獣だというのも「草食で雑草より人間の作った農作物の方がおいしい」のが理由なんだから、そりゃまあ同じ結果になるだろうな。

「それで、夕方になっても帰ってこないと思って探しに行ったら、途中での道で父さんと母さんが倒れてて。父さんはまだ息があったけど、か、母さんは――」

コウネリアの表情がどんどん青ざめていった。

その時のことを思い出してトラウマがフラッシュバックし出しそうな勢いだ。

「分かった、もういい」

俺は手をかざして、説明をやめさせた。そこまで分かればもう充分だろう。

「ちなみに直接手を下した奴は分かってるのか?」

「手下が『ボス』って呼んでたって、父さんが言ってた」

「よし」

俺は小さく頷いた。それは大きい。

本人の遺言ならこれほど確かな「ゴール」はない。

場合によってはターゲットを確定させる段階から始めなきゃならない。

そしてその場合、難易度は二つ——いや三つくらい跳ね上がる。

それに比べれば、本人《父親》から相手を聞いてたらものすごく楽だ。


「だったらその『ボス』を捜し出せばいいわけだ」

「そうね……分かるの？」

「分からん」

「ええっ!?」

「でも、なんとかなる」

「なんとかって、何をどうやって？」

「スキルを使えば」


俺はそう言って、スキルを使った。

【ノブレスオブリージュ】を使って、アウクソを抱いてコピーした【予言】を使った。

使うと、目の前に予言が浮かび上がった。

前の時と同じで、まわりくどくて、パッと見てもわけが分からないものだった。

俺はそれを解読しようとじっと見つめた。

そんな俺を見て、驚くコウネリア。

「そうか」

「当たり前だよ。スキルなんて、うちの村では誰一人持ってなかった」

「ああ、お前は持ってないのか？」

「スキル持ちだったの……？」

【ノブレスオブリージュ】ならコウネリアの中で眠っている力を引き出せるかもしれない——と思ったが、今は言わないでおいた。

今の彼女の意識を分散させるのはもったいない。

まずは敵討ちを意識していてもらって、それを成し遂《と》げた時の俺への感謝の気持ちを最大限にする。

スキルとかはその後でいい。

「……ふむ」

「どうなの？」

「一つ聞く、お前が村を出てどれくらい経つ」

「え？　一ヶ月くらいだけど」

「そんなにか」

「いろいろあたったの、復讐《ふくしゅう》に手を貸してくれそうな人はいないかって」

「なるほど」

「それがどうしたの？」

「もしかしてだが」


俺はコウネリアを見つめた。

「連中、お前の村に向かったかもしれないぞ」

☆

次の日、俺はコウネリアを連れて、荘園《しょうえん》を出発した。

アウクソの【占い】でしばらくは問題ないと出た。

だから荘園のことは彼女たちに任せて、俺はコウネリアを連れて、彼女が暮らしていた村に向かうことにした。

二人で街道を急いだ。

「本当にうちの村に行ってるの？」

「【予言】のスキルはやっかいなことにはっきり言わない、ちょっとした詩――暗号みたいな形で出てくる。だから解釈が間違ってるかもしれない。その場合はハズレってことになる」

「でも、行ってる可能性があるのよね」

「ああ」

「よし……待ってなさいよ」

コウネリアはやる気だ。

両親の敵の居場所が分かってやる気を出した。

一方で、俺はちょっとだけ申し訳ない気持ちになった。

もしも本当にそうなら、それは俺が逃がしたせいだ。

荘園に死体を積み上げると処理が面倒だから、適当にシバイて逃がした。

それがコウネリアの村に逃げ込んだかもしれない、ということだ。

あの手のならず者はたむろする場所を欲しがる。

荘園から追い出した後、どこぞの村に目をつけてもおかしくない。

それが偶然にもコウネリアのいる村――ということなのかもしれない。

もし本当にそうで、既に襲われているのなら――そう思うとちょっとだけ申し訳ない気分になった。そうならないようにせめて祈ってやるか。

それはそうとして――俺は歩きながらじっとコウネリアを見つめた。

「なに?」

「一つ追加してもいいか?」

「追加?」

「復讐を完遂《かんすい》した後のご褒美《ほうび》だ」

「かまわないよ、もちろん。本当に父さんと母さんの敵が討《う》てたら私なんでもする」

「別にそんな大したことを要求するつもりはない」

「そう？」


ちょこん、と小首を傾《かし》げるコウネリア。

そんな彼女に向かって、言い放った。


「俺の女になったら、ずっとバニーの格好をしとけ」

「……ええええええ!?」


一呼吸ほどの「間」のあと、コウネリアは素《す》っ頓狂《とんきょう》な声を上げてしまった。

そんな彼女は今もバニーの格好をしている。

身一つで来たから、今もバニーの格好のままだ。


「な、なんで？」

「エロくてそそるから」

「ええ!?」

「というか、そもそもなんでこんな格好をしてたんだ？」

「それは……旅芸人たちから、その格好が一番誘惑に向いているって聞いたから」

「そうか。誰の入れ知恵か知らないが、そいつはやり手だな」

「ええ!?」

「世の中いろんなコスプレがあるが、バニーはその中でも一・二を争うくらいのエロい格好だ」

「そうなの!?」

「そうだ。それに似合ってたからな、お前」

「え？」


俺はコウネリアをじっと見た。

彼女にバニーの格好はすごくよく似合っている。


俺の持論だが、バニーの格好で一番重要なのは胸の形だ。

もちろんある程度の大きさは必要だが、大きければいいいってわけでもない。

ツンとして上向きなのが一番バニーが映える。

胸ほどじゃないが、尻や太ももの形も大事だ。

それら全てを満たしていて、コウネリアは奇跡的なくらいにバニーの格好がよく似合っている。

「だから、ずっとその格好でいろ」

「……」

「どうした」

「この格好をそんなに本気で褒《ほ》められるって思ってなかったから」

「どうだ」

「…………分かった、本当に復讐《ふくしゅう》ができたらなんでもする」

「決まりだな」

コウネリアから言質《げんち》をしっかりと取れた。

俺は、ますますやる気が出たのだった。

# 29話

THE STRONGEST HAREM OF NOBLES

EP.29

「よかった、まだなんともない」

村に入ったコウネリアはそう言って、ホッとした。
少し遅れて村の入り口に立った俺も、村の中を見渡しながら頷《うなず》いた。
のどかな農村だ。
俺たちの目の前を、どこかの家から脱走したのか放し飼いにしているのか、鶏《にわとり》が横切っていった。

「コウネリア？　どうしたんだ、その格好は？」

民家から一人の青年が出てきた。

青年はコウネリアの格好を目《ま》の当たりにして、世にも奇妙なものを見た——そんな表情をした。

「え？　あっ、こ、これは……」

バニーの格好を指摘されて、コウネリアは返答に窮《きゆう》した。

どう答えていいのかが分からなくて、視線をさまよわせたあげく、俺に助けを求めてきた。

羞恥《しゆうち》プレイさせても得るものはない、俺は助け船を出すことにした。

「そんなことよりコウネリア、連中のことを聞け」

「え？　あっ、そうだ」

コウネリアはハッとして、青年に改めて向き直った。

「ねえ、キモン、村に危ない奴ら来なかった？」

「危ない奴ら？　来てないけど……あっ、おじさんたちのこと？」

「……」

コウネリアは重々しく頷いた。

両親が襲われて死んだなんてのは、小さな村だとその日のうちに隅々まで駆け巡って当然の話だ。

村に住む知り合いなら当然聞いている話で、キモンって男はそこを連想したようだ。

「父さんと母さんを殺した奴らが村に来るかもしれないの。なにか変わったことはない？」

「見ての通り、そういうのはないけど」

「そう……」

コウネリアは半ば失望、半ばホッとした顔をした。

そして、俺を見た。

「ハズレだったみたい」

「ああ……いや」

俺も【予言】の見直しをしようかと思った、その時。

「きゃあああああ!!」

「「「――っ!!」」」

耳をつんざく悲鳴が聞こえてきた。

女の悲鳴だ。

「な、なんだいまのは――おい!!」

状況を呑《の》み込めていないキモンを放置して、俺は地を蹴《け》って駆け出した。

キモンの横をすり抜けて、村の中に駆け込んでいく。

そのまま悲鳴が聞こえてきた方角に一直線で向かう。

途中で何人もの村人とすれ違った。

村人たちは同じように悲鳴がした方向に目を向けていたが、そこまで深刻な表情はしてなくて、「なんだなんだ？」程度の反応だ。
中には悲鳴よりもよそ者の俺に反応して、

「おい、あんた何もんだ！」

って問い詰めてこようとするのもいた。

それらもまるっと無視して、一気に駆け抜けていく。
村を横断して、反対側の村の端に来ると、そこはもうすでに惨劇《さんげき》の現場になっていた。
地面に男が倒れていて、女が横で体を揺すっている。
地面にじわりと赤いもの——血だまりが広がっていて、女は泣き叫んでいる。

「あんた！　ねえ起きてよ、あんた！」

どう安く見積もっても大けがなのに、女はパニックになりすぎなのか、体を揺すって「起きて」と繰り返すばかり。

夫婦だろうか。

その夫婦を、ならず者の集団がニヤニヤしながら眺めている。

数は二十人前後、昨日追い出した時からほとんど変わってないみたいだ。

「よかった」

俺は足を止めて、いったん立ち止まってから、歩いて向かっていった。

「ああん、なんだお前は――って、てめえ!!」

俺に気づいた男が怒鳴り声を上げた。

それを皮切りに、残りの連中も俺の存在に次々と気づいて、表情が一変した。

直前までニヤニヤと、獲物をいたぶって遊ぶような嗜虐《しぎゃく》的な表情だったのが、驚きと怒りに満ちていった。

「追ってきたのか、小僧!」

「その通りだ」

俺はフッと笑った。
連中は一斉にたじろいだ。

そうこうしているうちに、コウネリアが追いついてきた。
それを尻目に確認しながら、聞く。

「お前ら、ちょっと前に農民の夫婦を襲わなかったか？」
「なんの話だ」
「……」

俺は剣を抜き放った。

【流麗《りゅうれい》なる長剣マスタリー】

アリスを抱いてコピーした、長剣を扱うスキル。

今までの人生でさほど剣の練習をしてきたわけじゃないが、このスキルのおかげで剣の使い方がよく分かる。

体で、分かる。

一番前に立つ、リーダーの男が「うっ」ってのけぞる――よりも速く、俺は踏み込んで肉薄した。至近距離まで迫って、のど元に切っ先を突きつける。

「す、すごい……」

背後からコウネリアの驚嘆《きょうたん》の言葉が聞こえてきたが、ひとまずスルーした。

切っ先を突きつけたまま、問う。

「質問に答えろ」

「くっ……くそっ！　てめえら、やっちまえ！」

男は質問に答えることなく、部下だか仲間だかに号令をかけた。

号令に連中は戸惑ったが……。

「舐められっぱなしでいいのか！」

その一声で、まばらにだが、ならず者どもは次々と刀を抜いた。

そして、俺に斬りかかってきた。
俺はまず、リーダー格の男を蹴り飛ばした。
突進してくる、先陣を切る二人の男を蹴り飛ばした。
よろめくリーダーの男は二人にぶつかって、もつれ合って三人ともバランスを崩した。
リーダーは踏みとどまって、振り向いて仲間たちと同じように武器を抜いて構えた。

そこにすかさず踏み込んだ。
流麗なる——の言葉通りに、流れるような斬撃《ざんげき》で、三人を斬った。
三人とも、武器を構えている右の手首を切った。

「うぐわっ！」
「ぎゃあああ！」

悲鳴と絶叫の中、三人は武器を取り落とした。
その三人を蹴りとばして道を空《あ》けて、残りの連中にさらに迫っていく。
斬りかかってくる連中を、最初の三人と同じように武器を持つ利《き》き手だけを斬った。
荘園《しょうえん》の時で一度は余裕で蹴散らした連中だ。
残りの十数人、一分とたたずに全員利き腕を斬って、戦闘力を奪った。
さらに残った腕や両足も斬って、行動力も奪った。
全員、きっちりと利き腕だけを斬った理由はもちろん、俺が殺しちゃだめだからだ。
目的はあくまでコウネリアの復讐《ふくしゅう》だから、俺がやったら元も子もない。
ぐるりと見回す。
全員が怯《おび》えか怒りの眼差《まなざ》しを俺に向けてきている。
視線の種類はどうであれ、全員命に関わるケガを負わせていない。

「す、すごい……」

「なんだ、あの男は？」

「コウネリア、お前の知りあいなのか？　――ってなんだその格好は!?」

それを見て、コウネリアが後ろで感心していた。

騒ぎを聞きつけてやってきた村の人たちも、色々とびっくりしていた。

「さて――むっ」

男の中の一人に、あることを気づいた俺。

その男に向かっていこうとした、その時。

「ふ、ふふ、ふはははは」

リーダーの男がいきなり笑い出した。

「なんだ？　いきなり馬鹿笑いして」

「調子ぶっこいてられるのもそこまでだぜ――先生！　頼んだぜ先生！」

「ほっ？」

いきなり何を叫び出すのかと思えば――瞬間、視界の隅っこで何かが動いたのが見えた。

まったくの視界の外からでも、意識に飛び込んでくる巨体。

村の外から、一人の男が姿を現した。

今までどこにいたのか――って突っ込みたくなるくらいの、普通にしていたら絶対に気づくであろう巨漢。

軽く見積もっても身長が三メートルくらいはある。

「モンスター……ってわけでもなさそうだな」

オーガか何かかなって思ったけど、図体《ずうたい》がものすごくでっかいってだけで、見た目は人間そのものだ。

それでも——。

「人間……だよな」

ってちょっと自信なくすほどには、三メートル近い巨体というのはインパクトがある。

「へへっ！　びびったか」

「ああ、まあ」

得意げになる、ならず者のリーダー。

ほかの連中も似たような顔をしている。

「今更泣いて謝っても、もう遅え。先生、やっちまってくれい！」

男が叫んだ。

すると三メートルの男がのそりと。

「……ああ」

と小さく頷《うなず》いた。

そして、腕を振り上げた。

「むっ！」

とっさに後ろに飛んだ。

巨体ということは、踏み込みもリーチも半端なかった。

普通の人間の倍のリーチに、倍の踏み込み。

完全にレンジ外だと思っていたのが、一瞬で距離を詰められた。

それでとっさに後ろに飛んだ――が、破壊力も半端なかった。

俺が直前まで立っていた地面に、大男のパンチが突き刺さった。

爆発が起きた。

ただのパンチが、地面に爆発を起こした。

土埃《つちぼこり》が飛んできて、とっさに腕をクロスさせてガードした。

着地すると、場がシーンと静まりかえった。

それが約五秒後、二種類の声が上がった。

「わはははは、いいぞ、もっとやれ先生！」

「な、なにあれ……あんな化け物がいたんじゃ……」

ならず者どもは歓声を上げて、コウネリアら村人側は絶望の声を漏《も》らした。

「やっかいだな、デカブツ」

「——ッ!!　お、おおお、おれは!!!」

大男が目をカッと見開いて、さらに殴《なぐ》ってきた。

「でかぶつじゃ、ない!!」

ものすごいオーバーに振りかぶって、パンチを撃ってきた。

下手《へた》な丸太よりもぶっとい腕の、バスケットボールよりも一回り大きい拳が、うなりをあげて飛んできた。

「ちっ！」

剣を構えて横っ飛び。

剣に拳が当たった勢いで回転も加えつつ、どうにか避けた。

真っ正面から受け止めたわけでもないのに、剣を握る手がジンジンと痛む。

「馬鹿力が」

「ば、ばかぢからでも、ない!!」

さらにいきり立って殴ってくる。

逆上してパンチをめちゃくちゃに撃ってくる。

一つでももらうと、骨が折れるくらいじゃすまないレベルのダメージを負いそうな攻撃を、集中して必死によけた。

なんとなく、バックボーンがよめた。

これだけの見た目だ、デカブツとか馬鹿力とか、それ以外も似たようなことをさんざん言われてきたんだろうな。

馬鹿力とかは、普通の人間からすれば、そこまでキレるようなキーワードでもないんだが、こいつにとってはトラウマもんなんだろうな。

「そうか、悪かった」

「……え？」

大男が戸惑った。

俺を追撃するために振り上げた拳が止まった。

「デカブツとか言って悪かった。先生、だったか？」

「あ、う……？」

「ユウト・ムスクーリ。恨みはないが、倒させてもらう」

俺はそういって、貴族の作法《さほう》にのっとって一礼した。

直前までの雰囲気《ふんいき》、大男に殴られてボコボコにえぐり取られた地面。

空気にも状況にも、まったくそぐわない行動。

大男ははっきりと困惑した。

俺は剣を構える。

「名前は？」

「お、おれ？」

「そうだ、名前くらいあるだろ？」

「……ご、ごうりき」

「そうか。いくぞ、ゴウリキ」

俺はそう言って、剣を構えたまま突進。

【流麗《りゅうれい》なる長剣マスタリー】を発揮して、鋭い斬撃《ざんげき》を放った。

大男――ゴウリキは同じように構えて応戦のそぶりを見せた――が、さっきまでの勢いは見る影もなく、むしろ戸惑ってほとんど反応できていなかった。

懐《ふところ》に潜り込んでからの、斜め下から跳ね上げる逆袈裟《ぎゃくげさ》の斬撃。

長剣が通り過ぎてから――一秒。

ゴウリキは胸から大量の血しぶきを噴き出し、目を剝《む》いたまま後ろ向きに倒れた。


「……」


純粋な男だったな。

たぶん、一度もまともに人間扱いされたことがないんだろう。

俺が謝って、貴族の作法にのっとって「普通に」接したら、殺意どころか戦意までもが跡形もなく消え去った。

それで、一撃で倒せた。

『北風と太陽』の太陽を演じてみたわけだが、あまりの効きっぷりにちょっと申し訳なさが先に立った。

が、勝ちは勝ちだ。

さて、さっきの続きを――。

「おい！　立てよ！　何寝てんだよ！」

「飯食わせてやったの忘れたのか！」

「さっさと立て、こののろま！」

ならず者どもは次々とゴウリキを罵《ののし》った。

「……」

俺は無言で近づいて、特定な、ワ、ー、ド、を口にした三人くらいにトドメをさした。

「て、てめ……」

仲間を殺されて、それで勢いが完全にしぼんだならず者ども。
俺は改めて——と、ゴウリキが現れる前の用事を済ますことにした。
さっき話しかけた男の前に立って、無言で長剣を振り下ろす。
【流麗なる長剣マスタリー】で、男の胸元あたりの服だけ裂いた。
すると——ぽろり、と懐の中から何かが地面に落ちた。
それを拾い上げて、見つめる。
女物の髪留めだ。作りはお世辞《せじ》にもいいとはいえない、かなりの安物だ。

——が。

「それ！　母さんの髪留め!!」

コウネリアが悲鳴のような声を上げて、走ってきた。

髪留めをコウネリアに差し出した。

【予言】の一部で、ならず者を見たときにハッと理解した。

それで確認しようとしたらゴウリキに水を差されたわけだが、改めて確認したらちゃんと出てきた。

「ほんものか？」

「うん！　間違いない！」

「――で、お前か、この子の親……農民の夫婦を殺《や》ったのは？」

「お、俺じゃねえ！　直接殺ったのは、こいつだ！」

髪留めを持っていた男は、隣にいる仲間に責任をなすりつけた。

「てめえ！　てめえだってやっただろうが」

「うるせえ！　トドメ刺したのおめえだろ」

連中はぎゃーぎゃーと、責任をなすりつけあいながら、見るに堪《た》えない仲間割れを始めた。

手足を俺に斬られたことで逃げられず、責任逃れの仲間割れはつまり命乞《いのちご》いだった、が。

「……」

振り向いた先にいるコウネリアは、わなわなと怒りに震えている。

命乞いなど、まったくの無意味なのがはっきりと分かる。

俺は振り向き、無言でコウネリアに長剣を渡して、その場から立ち去った。

背後からさらに激しい命乞いと断末魔の叫びが響き渡ったが、それはもう、俺にはまったく関係ないことだった。

# 30話

THE STRONGEST HAREM OF NOBLES

EP.30

村の外れ、俺は一人で佇《たたず》んでいた。

連中のことは、コウネリア、そして村人たちに任せることにした。

復讐《ふくしゅう》するのはコウネリアの権利だ、何をどうするにしても、全部コウネリアにやらせた方がいい。

思いが強いこと、そして後から取り返しのつかないようなことに対しては、「やらない」という意見は不要だ、と俺は思っている。

例えば学生時代のなんかの受験、あるいは夢を追いかけることとかがそうだ。

心残りというのは、時が経てば経つほど強く膨《ふく》らんでいくもの。

そして膨らんで消えない心残りは、たいていの場合ははけ口を求めるもの。

自分で決めたことならまだ諦めもつくが、そうじゃない場合は、どこかに矛先《ほこさき》が向く。

あの時やめたから——というのはいつまで経っても消えない思いの一つだ。

だから、復讐という究極に強い思いを持つコウネリアには、気が済むように好きにさせることにした。


それが済むまでずっと待っているつもり——だったのだが。

背後から、こっちに近づいてくる足音が聞こえてきた。

振り向くと、コウネリアでも村人でもなく、あの大男——ゴウリキの姿があった。

上半身が血に染まっているが、もう出血は止まっているようだ。


「頑丈なんだな」

「む、むかしから、ずっと、こう」

「へえ、スキルなのか？」

「ちがう」

ゴウリキははっきりと首を横にふった。

「た、ただのたいしつ」

「そうか、才能だな」

「さいのう？」

ゴウリキは目を剝《む》いて驚愕《きょうがく》した。

「その巨体も、回復力……あと生命力？　間違いなく才能だ。世間じゃいろいろ言う奴もいるけど、全部無視しとけばいい。連中はお前を恐れているか、嫉妬《しっと》しているかのどっちかだ」

ゴウリキはぽかーん、と口を開けたまま絶句した。

今までそんなこと言われたことなんてなかった――というのがありありと見て取れるような反応だ。

「そ、そんなこと、いわれたことなかった」

大当たりだった。


「そりゃ運が悪かったな。まあ、天は二物を与えないっていう。才能を持って生まれたんだから、多少運が悪いくらいは我慢しろ」

「ほ、ほほほんとうに？」

「ん？」

「さいのう、っておもうか？」

「ああ」

「そ、そか」


ゴウリキはじーんと、感動しているようだ。

それで会話が途切れて、俺も視線を外した。

これが女だったら、【ノブレスオブリージュ】で抱ける女だったら、たたみかけるべき場面だが、相手が男じゃ何もやりようがない。

これ以上手間をかけてもしょうがない。

「ゆ、ゆと――じゃない、むすくーり、さま」

「なんだ？」

「おおれを、ぶかにして、くれ」

「部下？」

「ちからある、やくだつ」

「……ふむ」

俺は少し考えた。

その考えはなかった。

改めてゴウリキを見た。

三メートル近い大男、パワーはさっき見たとおり、申し分ないものだ。

部下になってくれたら、わりと心強いかもしれないな、とは思った。

ゴウリキはじっと俺を見つめる。
その目は、強く何かを訴えかけるような目だ。

ノブレスオブリージュ。

それは、スキルだけじゃない。
貴族として転生した俺が、するべき生き方なのかもしれない……と思った。

「……いいだろう」
「あ、あ、ありがとう」
「ただし、一つだけ守ってもらわないといけないことがある」
「な、なんでも、まもるっっっ」

ゴウリキは守ってもらうことの内容を聞く前に、食い気味で「なんでも」って言ってきた。
この世界にクーリングオフ制度なんてないのになあ、と、ちょっとだけゴウリキのチョロさが不憫《ふびん》になってきた。

「俺のまわりには女がたくさんいる、全部俺の女だ。女に手を出すな、出したら殺す」

簡潔に、解釈の余地を残さないような口調で言い切った。

「だ、だいじょうぶ。おんな、きょうみない」

「へえ」

その答えで、逆に俺の方がゴウリキに興味を持ちだした。

Ｒ18のコンテンツで大活躍しそうな見た目なのに、女に興味はないと言い切った。

「じゃあ何に興味があるんだ？」

「た、たべること」

「なるほど、肉とかか？」

「あまいもの、すき」

「そっちかー」

「さとういっきのみ、とくい」

「胸ヤケするわ！」


想像しただけで冗談抜きで胸やけがしてきそうだった。

三メートル近い、巨人といっても差し支えないようなゴウリキの巨体。

その巨体で小食ってことはないだろうから、甘いものもかなりの量を食うんだろう。

俺の頭の中で、倉庫に積み上げるような麻袋にぎっしり詰め込まれた砂糖を、天を仰《あお》いで一気飲みしているゴウリキの姿が浮かんできた。


「……うっぷ」

本気で吐きそうになった。


「ご、ごめん。いっきのみ、やめる」

「あー……いや別にいい」

「いいか？」

「女に手を出さなきゃ別にかまわん。そうだな……財政が安定してからになるが、砂糖くらいなら好きなだけ食わせてやる」

「!!」

ゴウリキは目をカッと見開き、驚愕《きょうがく》した。

「あ、あ、あ……あなた、かみか」

「ずいぶんと安い神だな」

一応突っ込んでみた。改めてゴウリキを見た。

こいつに対する印象が百八十度変わった。

最初はごろつきに雇われた凶暴な用心棒だったのが、今は愛嬌《あいきょう》しかない人なつっこい大型犬に見えてきた。

「とりあえず——用事が済んだら家に戻るから、それまでその辺で好きにしてていい」

「わ、分かった」

ゴウリキは頷《うなず》き、振り向き、数歩——といってもそれだけで二十メートル近く離れて、開けた地面に座り込んだ。

三メートルの巨体は、座っていても立っている俺と同じくらいの高さで、その巨体で膝を抱えて体育座りをした。

アンバランスが極まって、ちょっとおかしく感じた。


「すっかり手懐《てなず》けたのね」

「ん？」


声に振り向くと、そこにバニー姿のコウネリアがいた。

相変わらずバニー姿の彼女は、目の下が赤く、明らかに泣きはらした顔だ。


「あんなヤバそうなのを一瞬で手懐けてしまうなんて」

「運がよかったんだ。展開がよかったともいうが」

「それはちがうよ。私も見てたんだから。あんた、明らかにこうなるように動いたじゃない。それってすごいことだよ。あんなの、あそこにいる誰にも思いつかないことだよ」

「そうか」

俺は小さく頷きながら、村の奥の方に目を向けた。

「……うん、あいつらの首を、父さんと母さんの墓の前に並べたから」

「気は済んだか？」

「……分からない。でも、やってよかった、って思う」

「そうか」

「もういいのか？」

もう一度小さく頷いた。

復讐《ふくしゅう》なんてのはうんたらかんたら――なんてこのタイミングで言うようなことじゃない。

代わりに――。

「その首は、この後どうするんだ？」

と聞いてみた。

荘園《しょうえん》から連中を追い払うだけですんだのは、死体の処理をしたくなかったからだ。

だからそれを聞くと、ちょっと予想外の答えが返ってきた。

「キモンたちが街まで持っていくって」

「ん？」

「何人か賞金首になってるって誰かが言ってたから、それを換金して村で使うって」

「ああ、その手もあったか」

連中の中に賞金首がいる、というのは言われてみれば納得できるが、何も知らない状況で最初からそれを当てにすることはない。

なんにせよ、だ。

後処理も含めてこれで完全解決、ってわけだ。


「あ、あの……」


コウネリアがもじもじとこっちをみてくる。

顔をわずかに伏せて、上目遣いで見てくる。

思い出したか。

親の件を片付けた直後だから、どこで切り出すのかタイミングをうかがってたけど、この様子なら大丈夫そうだ。

俺はコウネリアの言葉をさえぎって、こっちから切り出した。

「それじゃ、約束、守ってもらうか」

「う、うん……あっ、あの！」

「うん？」

「一つだけ、お願い」

「なんだ？」

「その……」

コウネリアはもじもじしながら、言った。

「い、家」

「家？」

「家の中で……」


と、消え入りそうな声で言った。

少し考えて、理解した。

コウネリアが最初誘惑してきたときは外だった。

そうじゃなくて、普通に室内で、っていうことらしい。

俺は彼女に近づき、腰に手を回して、触れるだけのキスをする。


「もちろんだ」

「あっ……」


コウネリアは、恥ずかしい半分、嬉しい半分。

頬《ほお》を赤らめながら、そんな顔をしたのだった。

# 31話

THE STRONGEST HAREM OF NOBLES

EP.31

「ん……ちゅく……」

家の中に入るや否《いな》や、俺はドアを閉めて、コウネリアを抱き寄せてキスをした。

コウネリアの家だが、いかなる想い出もよみがえる隙《すき》を与えずに、とにかく抱きついてキスをした。

重なる唇、絡み合う舌、響き渡る水音。

バニー姿のコウネリアは次第に体から力が抜けて、俺の腕に体重を預けてきた。

「ね、ねえ」

「なんだ?」

「何か食べた?」

「なにも食べてないが？」

「そうなの？　でも……んん!?」

不思議そうにするコウネリアの唇を再び奪う。

安心して体を預けてもいいように腕に力を込めつつ、さっき以上に激しく舌を絡ませた。

「不思議だろ？」

「……え？」

「気分が違うと、キスの味もまったく違うだろ？」

「……うん」

「それに——」

俺は舌に唾液《だえき》を絡めて、三度コウネリアにキスをした。

今度は緩《ゆる》やかに、しかしねっとりと。

拙《つたな》くてほとんど動けないコウネリアの舌を、俺の舌で回しながら包み込むようにした。

「はふぅ……」

キスの後、コウネリアはとろけきった顔で俺の胸に顔を埋めてきた。

唾液を絡めるとまた違う味がするだろ――なんて、聞かなくても態度がはっきりとそうだと答えていた。


「あの、ね」

「なんだ？」

「ちょっとだけ、あっち向いてて」

「なんで？」

「ふ、服、脱ぐから」

「いい」

「え？」

「そのままでいい」

「え？　でも……」

コウネリアの戸惑いを無視した。

彼女はあのごろつきどもを誘惑するために、バニーガールの格好をしている。

バニーガールだ、あのバニーガールだ。

それを脱がすなんてとんでもない——とばかりに俺は彼女を抱き寄せた。

軽めのキスをして、家の中を見回す。

農村の、ありふれた普通の家は建物から家具まで、ほとんどが木で作られたものだった。

俺はその中の一つ、木製のテーブルに目をつけた。

コウネリアを軽く抱き上げて、テーブルの上に座らせた。


「え？　え？」


困惑するのを軽く無視して、またまたキスをしつつ、今度は手を彼女の胸に這《は》わせる。

胸を覆《おお》うサテンの生地の上から、やさしく揉《も》みしだく。

水風船にするように、割らないことを意識する手つきで揉みしだく。

コウネリアの形のいい胸が、俺の手の平の中で形を変えていく。

最初は緊張からか冷たさと硬さが残っていた胸だったが、揉んでいくうちに熱を持ちはじめ、柔らかくなっていった。

「んんっ！　あん……んふっ……ああん！」

コウネリアの口からも、我慢できないとばかりに嬌声《きょうせい》が漏《も》れ出した。

昂《たかぶ》ってきたところで、べろん、とバニースーツの胸のあたりをめくった。

形のいい、上向きのおっぱいが外気に触れ、ぷるんと揺れた。

「え……ひゃうん！」

何が起きたのも分かっていないようなコウネリア、すかさず丸見えになったおっぱいを両手で覆い隠すように揉みしだく。

コウネリアはますます身悶《みもだ》えて、体をくねらせた。

玉のような汗がぽとり、と胸を揉む手に落ちた。

受け身で愛撫《あいぶ》を受けているだけなのに、気づけばコウネリアは息が荒く、はだけた上半身から次々と汗が滴《したた》ってきた。

その汗を掬《すく》って、手の平を湿らせて、さらに揉む。

するとコウネリアの嬌声がさらに一――いや二段階大きくなった。

汗に濡れた手が、滑りがよくなり、密着度も上がってコウネリアはますます感じた。

「ね、ねえ……」

コウネリアは首だけで振り向き、熱に浮かされた瞳で見つめてくる。

「いじわる……しないで」

「なんのことだ？」

俺は表情を変えないまま、コウネリアの胸を揉み続ける。

その愛撫にコウネリアは反応するが、大半はもどかしさでの反応だった。

「いじわるぅ……」

コウネリアは泣きそうになった。

俺はふっと微笑《ほほえ》み、コウネリアの首筋をチュッてしてから、耳元で息を吹きかけつつささやいた。

「どこにしてほしい？」

「え？」

「自分の口からいってみろ」

「……お、おっぱい」

「おっぱい？」

聞き返すという形をとりつつ、今までとまったく同じ愛撫をする。

するとコウネリアは「ああん」と声をあげて体をくねらせるも、その声からまったく足りない、というニュアンスが感じられた。

「さき！　おっぱいのさき！」

「ここか」

「っっっっ!!!!」

下乳に手を当てたまま、人差し指ですっかり固くなった乳首を軽く弾いた。

スマホくらいの重さならまったく動かない程度の、軽い力だ。

それでも、コウネリアは敏感に反応した。

まるで全身を雷に撃たれてしまったかのように、俺の腕の中でエビ反りになって、ビクン、ビクンと震えだした。

一つ、二つ。一番大きな波が過ぎ去ったあとも、コウネリアは俺の腕の中でビクンビクンとけいれんした。

俺はさらに責めた。

コウネリアのおねだり通りに、彼女の乳首をやさしく弾いたり、摘《つ》まんだり、さすったりと、いろんな形で愛撫してやる。

「やっ！　だめ……もうだめ……ゆる……ああん許して！」

たっぷりじらしたおかげで、自分から求めてきたのに、少し触っただけでコウネリアは悲鳴交じりに音《ね》を上げた。当然、やめるなんてことはしない。

愛撫で「許して」って言われるときは、感じすぎるか痛くなったかのどっちかだ。
それを見極めて、続けるかどうかの判断はそれなりの経験がいるが、俺なら見極められる。
コウネリアは間違いなく前者で、このまま続けるべき。

が。

「どうしてほしい？」

俺は手を止めて、聞いた。

「え？」

「どうしてほしい？　言ってみろ」

選択権を、ボールをコウネリアにパスした。

当然コウネリアを最後まで抱くつもりだし、ここまで来れば彼女もそれを望んでいるのは確信している。

それでもコウネリアに言わせることにした。

言葉っていうのは大事だ。

口に出して言った言葉で、心が大きく舵《かじ》を取ることがある。

そして男も女も、自分の意志で受け入れてからが快感を一番得られる。

だから俺はコウネリアに言わせることにした。

コウネリアはほんのしばらく、時間にして十秒足らずの短い間ためらったあと、振り向いて濡れた瞳でおねだりしてきた。

「お願い……最後まで、して」

「分かった」

俺は頷《うなず》き、コウネリアにキスをする。

そしてゆっくりと、コウネリアと一つになる。


――スキル【ノブレスオブリージュ】の条件を満たしました。

――スキル【ノブレスオブリージュ】発動します。

――スキル【ノブレスオブリージュ】によりスキル【弓矢マスタリー】を複製。

――スキル【ノブレスオブリージュ】によりスキル【弓矢マスタリー】が【百発百中の弓矢マスタリー】に進化します。

――スキル【ノブレスオブリージュ】によりスキル【弓矢マスタリー】を覚醒《かくせい》します。


コウネリアと一つになっている間、覚えのある声が次々と聞こえてきたが。

感じまくるコウネリアが可愛《かわい》くて、それを無視したのだった。

# 32話

THE STRONGEST HAREM OF NOBLES

EP.32

家の外、夕暮れの中。

俺は自分の手の平を見つめていた。

【百発百中の弓矢マスタリー】

前の数回と同じで、コウネリアを抱いて、【ノブレスオブリージュ】がコピー・進化させたスキルだ。

「流麗《りゅうれい》なる……より遥《はる》かに分かりやすいな」

そう独りごちつつ、フッと微笑んだ。

アリスを抱いて手に入れた【流麗なる長剣マスタリー】は分かりにくかった。

長剣は分かるが、その前の修飾の「流麗なる」が分かりにくかった。

しかし、スキル名を知っただけじゃ詳細は分からなくても、長剣を握ったら頭の中に流れ込んできた。

いや、「知らなかったことを思いだした」という感じがたぶん一番近い。

俺は長剣の使い方なんて知らない。

転生前の三十年の人生を入れて、人生経験は五十年近くになるが、それでも長剣の使い方なんて分からない。知った覚えもない。

なのに、長剣を握った瞬間、色々と「思い出した」。

それと同じで、【不屈の騎士《き》鎧《しよろい》マスタリー】も分かりにくかったが、思い出せた。

それに比べると、【百発百中の弓矢マスタリー】は前も後ろも分かりやすい。

もう文言だけで全てが分かるくらいの分かりやすさだ。

分かりやすすぎて、正直試す必要もないなと思うくらいだ。

だから、それはもういい。

コウネリアの一件も片付いたし、そろそろ次のことを考えなきゃな。

次のこと、というかいったん棚上《たなあ》げにしたこと。

荘園《しょうえん》の再建を、そろそろやらないとな。

それには――と思ったところに。

ぎぃぃ――と、錆《さ》びた蝶番《ちょうつがい》のすれる音がして、背後から人の気配と足音がした。

「あっ……」

振り向くと、家の中から姿を現したコウネリアと目があった。

バニーガールの格好のままの彼女は、目が合うなり真っ赤になってうつむいてしまった。

「体はもう大丈夫なのか？」

「う、うん。大丈夫……その……」

「ん？」

「ありがとう」

「気にするな。復讐《ふくしゅう》は約束したことだ」

「そ、そうじゃなくて！　やさしくしてくれて……」

最後らへんは消え入りそうな声でつぶやいたコウネリア。

正直言葉としてはほとんど聞き取れなかったが、断片的に拾えた分で残りは想像で補えた。

「それも気にするな。そういうやり方が俺の好みだってだけの話だ」

「う、うん……」

コウネリアは頷きつつ、もじもじした。

「どうした？」

「あのね……お願いがあるんだけど」

「なんだ、言ってみろ」

「私のこと、連れていってほしいの」

「なんだ、そんなことか」

　俺はふっと笑った。

「俺はもう、おまえが俺の女だって言うつもりでいたんだが」

「あっ……あ、ありがとう……」

　コウネリアはまた顔を赤くしたが、今度は嬉しそうだった。

「それよりも、スキルが覚醒《かくせい》したはずだが、感じるか？」

「スキル？」

「ああ、元々なかったスキルだ」

「そんなの……あっ……」

　否定しかけてから、はっとするコウネリア。

「本当だ……スキルがある。…………スキルってこんな感じなんだ」

コウネリアは自分の体に起こった変化に不思議がって、戸惑っていた。

「でも、どうして?」

「俺に抱かれたからだ」

「え?」

「俺が抱いた女は、本来の潜在能力が引き出される。それがスキルの覚醒という形で現れる」

「そうなの!?」

「ああ」

俺ははっきりと頷いた。

【ノブレスオブリージュ】の効果で、厳密にいえば潜在能力を引き出したというわけではないかもしれないが、説明としてはそれでいいと思った。

「え? も、もしかして、それって貴族の力?」

「いや、俺の力だ」

コウネリアの質問を否定しつつ、言い切った。

……まあ、【ノブレスオブリージュ】だから、貴族の力って言えなくもないけどな。

「あっ……」

何かに襲われないともかぎらん」

「さて、やることはやったし、そろそろ荘園に戻るか。セレスがいるから大丈夫だとは思うが、

「すごい……」

コウネリアが何かを思い出したかのように瞠目《どうもく》した。

「ん？　気にしてるのか？　悪かったな、そういうつもりではなかった」

「え？　ごめん、そうじゃなくて」

コウネリアは慌てた様子で、両手をぶんぶん振りながら否定した。

俺は小首を傾《かし》げた。

てっきり、無神経に使った「襲われる」という言葉がコウネリアを刺激したのかと思った。

事情があるし、ターゲットが違ったとはいえ、コウネリアがやったことは荘園を襲撃したことに他ならない。

それをやって、今は俺の女になったことで思い出して申し訳なく思っている——って思ったがそうじゃなかったようだ。


「じゃあなんだ?」

「あのね、あそこにいったとき思ったんだけど、『魔除《まよ》け』ってしてないよね」

「魔除け?」

「うん。話を聞いて、しばらく手つかずの荘園だっていうから納得したんだけど、この先また住むのなら必要になるよね、って思って」

「魔除け……聞いたことがあるな。たしかモンスターが寄りつかないようにする何か、だったっけ」


俺が思い出しながら言うと、コウネリアははっきり頷《うなず》いた。

日本から異世界に転生して膝を打ったことがいくつかあって、その一つがこの「魔除け」だ。

日本にいたときにやったゲームとか、見たマンガとアニメで、魔物つまりモンスターがいる異世界という世界観のものは少なくない。

しかしそれらで、モンスターが、人間の領域を侵犯してこない理由を語ることは少ない。

まあ無理のないことだ。

例えばニュースで熊とか猿とかが人里に現れたっていうのがあるけど、なんで人里に降りてきたのかっていう理由を報じることは少ないし、「普段からそうしない」という理由を報じることはもっと少ない。

現れることがニュースになるくらい珍しいんなら、普段しない理由もあるはずだ。

それはほとんどといっていいほど報じられない。

現実でさえ省略されるものだから、作られた物語だとますます省略されてしまうもの。

だから、こっちの世界に転生して十数年、「魔除け」というのは知識として知っていても、何をどうやるのかまではまったく分からなかった。

改めてコウネリアを見る。

「その口ぶりだとやり方を知ってるみたいだな」

「うん。えっと、モンスターの血を撒《ま》くの」

「モンスターの血？」

「そう、入ってこられたくない場所をぐるっと取り囲むように、濃いめに撒いておくの」

「ふむ……マーキング、か？」


その話を聞いて、うっすらと頭の中に一つの光景が浮かび上がってくる。


「血の臭《にお》いが濃いと、ここは危険なところだってモンスターが思って、それで近寄らなくなる、って聞いた」

「なるほど、道理だな」


よく考えればそうだ。

モンスターも生き物だ。そしてモンスターも怯《おび》えたりすることがある。どれもこれもバーサーカーみたいに血に飢《う》えてるわけじゃない。

つまりモンスターの血を撒くってのは――。

「たき火で野獣を近寄らせないようにするのと同じか」

「あっ、うん。そうだと思う」

コウネリアははっきりと頷いた。

なるほどそういうことか。

「そうなるとモンスター狩りが必要だな。……モンスターの血も商売になるか？」

「そうしてる人いるよ。でもここくらいの小さい村だと自分たちで調達するの。弱いモンスターを集中的に狩って、その血を抜いてつかうのよ」

「なるほど。ならまずはモンスター狩りだ」

「うん、任せて」

コウネリアは自信たっぷりに言った。

やけに自信たっぷりだなと思っていると、コウネリアはいったん家の中に戻って、弓矢を持って出てきた。

昨日今日こしらえたばかりのものじゃない、結構使い込まれた痕跡が見える代物《しろもの》だ。

「こんなのがあったのか」

俺は少し驚いた。

スキル【弓矢マスタリー】は俺に抱かれて覚醒《かくせい》したものだから、まったくの偶然なんだろうが。

「モンスター相手に使うし、それに鹿とか猪とか相手にも」

「ああ、害獣退治か」

頷きつつ、納得した。

コウネリアの両親がならず者どもに襲われて死んだエピソードも、元を辿《たど》れば狩った鹿を街まで売りに行く道中で、ってことだったたな。なるほど、それで持っていたわけだ。

「……どれ、それをちょっと貸してみろ」

「え？　うん」

きょとんとするコウネリアから弓矢を受け取って、弓を引いて矢をつがえた。

それを誰もいない方向に立っている一本の木に向かって——はなった。

矢はまっすぐ飛んでいき、木に突き刺さった。

刺さった勢いで矢尻が震えるようにブレていた。


「え……うそ……」

それを見たコウネリアが何故か言葉を失うほど驚いていた。


「どうした」

「矢が……あんなにまっすぐ飛ぶなんて……」

「ん？」


どういうことなのかと首を傾《かし》げていると、コウネリアは俺の手から弓を受け取って、さっきの俺と同じように矢をつがえて木を狙った。

放たれた矢は弓なりに、斜めの状態で飛んでいった。

よく見れば、飛んでる途中、矢がブレてもいた。

それでも木に刺さったし、コウネリアの反応からこれが「普通」だって分かった。

射《い》った後、コウネリアはこっちを向いた。

「普通はこうなのよ」

「なるほど、普通はまっすぐ飛ばないんだな」

俺は頷いた。

コウネリアが放った矢に比べれば、確かに俺のは「まっすぐ一直線」に飛んでいった。

綺麗《きれい》に飛んでいったし、弓矢を射ったのなんて初めてだから違和感とかまったくなかった。

「弓も上手《うま》く使えるんだ……」

コウネリアは尊敬のこもった眼差《まなざ》しで俺を見つめてきたのだった。

# 33話

THE STRONGEST HAREM OF NOBLES

EP.33

「ご主人様!!」

荘園《しょうえん》の入り口まで戻ってくると、丁度《ちょうど》そこにいたのか、アウクソがめざとく俺を見つけて、バタバタと駆け寄ってきた。

「お帰りなさいませ!」

「ただいま。留守の間、変わったことはなかったか?」

「はい! 大丈夫でした! あっ、ご主人様の館のお片付けが終わりましたので、もうお住みになれますよ!」

「そうか、ご苦労」

俺は身を屈めて、アウクソの唇に触れるだけの軽いキスをした。

ご褒美《ほうび》をもらったアウクソは嬉しそうにニヤニヤした。

「ご案内しますね――あっ」


しかしすぐに、俺の後ろにいるコウネリアとゴウリキの姿に気づいた。

コウネリアはまだいいが、初めて見るゴウリキ――常識外れの大男の姿に一瞬にして怯《おび》える表情に変わった。


「ご主人様……こちら、は？」

「ああ、コウネリアは俺の女になった」

「あっ、はい」


アウクソは小さく頷《うなず》いた。

コウネリアに関しては予想してたのか、特に驚きはなかった。

その分、視線はちらっ、ちらっとゴウリキの方に向けられる。

「ゴウリキは……そうだな」

ゴウリキがはっきりと態度を変えた時のことを思い出しながら、落としどころを考える。


「部下、でいいか」

「い、いい。おれ、おまえのぶか」

「──ってことだ」

「はあ……」


俺とゴウリキのやり取りをみて、あっけにとられるアウクソ。

「さすがご主人様です、あんなおっきくて怖い人を部下にしてしまうなんて」

「意外と可愛《かわい》い一面もあるぞ、こいつ」

「ええっ!?」


アウクソは悲鳴に近い声を上げた。

「か、かわいい、ですか?」

俺とゴウリキを交互に見比べて、信じられないような表情をする。


「ああ、可愛いぞ。お前の好きな食べものなんだっけ」

「あ、あまいもの、すき」

「そうなんですか!?」


さらに驚くアウクソ、さっきとは違うベクトルでの驚きになった。


「甘いものって……ケーキとかですか？」

「けーき、すき。いまいちばんすき、ぷりん」

「プリン!?　はえ……」


アウクソは驚きすぎて、声も出ないようだ。

まあ、分かる。ゴウリキみたいなドがつくほどの超巨体が、甘いもの好き、ケーキやプリン大好きって言ったら、まあそういう反応になる。

「とくいわざ、さとうのいっきのみ」

「あっ、それはかわいくない……」

ゴウリキを否定したものの、アウクソの口調や表情からはもう怯えとか、そういった負の感情は見当たらなかった。

「ってことで、こいつはこの荘園に住まわせることになった」

「あっ、はい。分かりました」

「どこか住めそうな建物はあるか？　この巨体だ、すぐには難しいと思うが」

「えっと……たぶん集会場か、宴会場として使われていた建物があります」

「ああ」

俺は頷き、得心した。

荘園というのは、つまり貴族が個人で所有している農村だ。

そして農村である以上、収穫にまつわる祭りや宴《うたげ》とは無縁ではいられない。

転生前の日本でいえば——公民館みたいなところだな。

そういうのが、この荘園にもしっかりあったってことか。

「そこはすぐに使えるのか？」

「すみません、家具や農具とかの、大物がたくさん入ってるので、後回しにしてました」

「そうか……ゴウリキ」

「う、うん」

「お前、大物の運び出しを手伝え。自分で住む場所だ、自分で掃除《そうじ》してこい」

「!!」

俺に言われたゴウリキはハッとして。

「わかった、やる」

と、両手を突き上げた力自慢のポーズでこたえて、やる気を出した。

「はわ……すごい。こんなに従順になってるんだ……」

ゴウリキが完全服従しているように見えて、アウクソはますます感心したのだった。

「ねえ、私も……そうした方がいいかな」

荘園に戻ってきてから、口を開くきっかけがなくて黙っていたコウネリアが聞いてきた。

振り向き、バニーの格好でもじもじしている彼女をじっと見つめる。

ゴウリキに行かせたのは、あいつを「人間扱い」したからだ。

まだ付き合いが一日とちょいだが、ゴウリキは「人間扱い」されるということが、かなり琴《きん》線《せん》に触れるというのが分かった。

そして、口べただけど頭は悪くない。

自分の寝床は自分で——というのも、ちゃんと「人間扱い」というメッセージが込められてるのだって理解して、進んでやろうとしてた。

「意外な拾いものだったのかもな」

俺はゴウリキのことを、そう思いはじめたのだった。

☆

荘園の北にある、山の麓《ふもと》の森の中。
木漏《こも》れ日《び》が射しこむ、そこそこに明るい森の中を、俺はセレスとパルテノスの二人をつれて歩いていた。

森に入って、奥に進む。

「つまり、モンスターを討伐《とうばつ》して、血を持って帰ればいいのだな」

歩きつつ、森の中を注意深く観察しながら、セレスが聞いてきた。
コウネリアからモンスターの血の効用を聞いたから、モンスター狩りにきたのだ。

「知らなかったのか？」

「う、うん。何かでモンスターよけをしている、というのはなんとなく知っていたのだが」

セレスはそう言って、恥ずかしそうに目をそらした。

「まあそんなもんだろ。俺もそれくらいの知識しかなかったしな。パルテノスも知らなかったのか？」

「全然」

「エルフが住むところってそういうのをやらないのか？」

「やらない。私たちはモンスターに近いらしいからな」

パルテノスは自嘲《じちょう》気味にそう言った。

この世界のエルフは忌避《きひ》される対象だ。

現代日本からの転生者である俺には、パルテノスは知識通りのエルフそのものだ。

つまり金色の美しい髪で、肌が白くて、耳が人間より尖っていて。

何より、幻想的に美しい。

そんな美しいエルフでも、こっちの世界の人間は「美しい」とは思わないみたいだ。

エルフに性欲を抱く者はロリコンよりもさらに気持ち悪いとされ、絶世の美女といってもいいパルテノスが娼館《しょうかん》にいても、まったく客が寄りつかず、ずっと処女でいつづけたくらいだ。

それを、パルテノスは「人間じゃなくてモンスターに近しい」と自嘲した。

「俺はモンスターを直接見たことはないが」

そう言って、パルテノスを見る。

「その話が本当ならモンスターに会うのが楽しみになってくるな」

「どういうこと？」

「モンスターもお前くらい綺麗《きれい》ってことだろ？　そりゃ楽しみにもなる」

「な、何いってるのよ、ばか！」

パルテノスはそう言って、顔をぷいと逸《そ》らした。

言葉の内容は嫌がってるものだったが、顔を背けてても耳の付け根まで真っ赤に染まっているのを見ると、美しいと褒《ほ》められてまんざらでもなさそうな感じだ。

それが可愛《かわい》くて、もうちょっとからかっちゃおうか――と思ったその時。

ガサガサッ！　と、茂みの中から物音が聞こえてきた。

その直後に茂みから飛び出してきたのは、緑の皮膚《ひふ》をした小人だった。


「ゴブリンか」

「ま、まさかゴブリンがいるなんて」

「ゴブリンだと何かまずいの？」

ゴブリンを見て血相を変えるセレスと、それを訝《いぶか》しみ問いかけるパルテノス。

「ゴブリンはオスしかいない種族なんだ、他種族のメスをさらって、無理矢理交尾して繁殖《はんしょく》する。人間の女がさらわれて――な事案がすごく多い」

「最悪じゃないの」

ゴブリンのことを知らなかったパルテノス、セレスの説明を聞いて顔をしかめた。

その間、茂みから出てきたゴブリンはこん棒を振り回して、俺たちを威嚇《いかく》してきた。

小人程度のサイズだからか、それとも一体しかいないからか。

俺はまったく動じることなく、やや冷めた目でゴブリンを見ていた。

「ちょっと、なんでそんなに落ち着いてるのよ」

「ん？」

「今の話、聞いてた？　危ないのよ、ゴブリン」

平然としている俺を不満に思ってか、パルテノスが噛《か》みついてきた。

俺が平然としている理由は二つある。

一つは、ゴブリンの生態は俺が知っているものとほとんど同じで、いまさら驚くような内容じゃなかったからだ。

そしてもうひとつは。

「別に危なくはないだろ」

「何いってるの！　私たちが――」

俺は剣を抜いて、一歩踏み出した。

【流麗《りゅうれい》なる長剣マスタリー】

銀光が孤を描いた瞬間、ゴブリンの首が宙を舞った。

ごろん、と首が地面に落ちる中、俺は二人に振り向く。

「ゴブリン程度に、自分の女をどうこうさせるつもりはないからな」

「「――っ!!」」

二つ目の理由だけを口にすると、二人はハッと息を呑《の》んで、それから嬉しそうに顔を赤らめて、うつむいたのだった。

# 34話

THE STRONGEST HAREM OF NOBLES

EP.34

「俺が討《う》ち漏《も》らしたのでいい、無理はするな」

「分かった」

「そうさせてもらうわ」


俺たちの目の前に、ゴブリンの一団が迫っていた。

最初のゴブリンを倒したほんの数十秒後に、顔を赤らめて可愛らしさ全開のセレスとパルテノスを可愛がる暇もなく、十数体のゴブリンが増援の如《ごと》く現れた。

俺は長剣を抜き放ってゴブリンの群れの中に突撃していった。

「ますます馴染《なじ》んでいくものなんだな」

【流麗なる長剣マスタリー】で、長剣の使い方は完全に頭のなかで分かった感じだが、それで一気に完璧《かんぺき》になった、というわけじゃない。

スキルと長剣を使って戦えば戦うほど、技と長剣がどんどん手に馴染んでいくのを感じる。

ゴブリンを次々と斬り倒しながら、その感覚を模索する。

【流麗なる長剣マスタリー】だけの話じゃない、いままですでに【百発百中の弓矢マスタリー】とかがあって、この先もまだまだ【ノブレスオブリージュ】経由でスキルが増えていくはずだ。

この「馴染む」という感覚を、もっとちゃんと言語化した方がいいなと思った。

「……」

長剣でゴブリンを斬り倒す——という、一言でまとめると「戦闘」だからよかったのかもしれない。

俺の頭の中で、この「馴染む」という現象が格闘ゲームみたいなイメージになった。

スキルで使い方が分かるというのは、ゲームで必殺技のコマンド表がまるっと分かるって感覚に似ている。

コマンド通りに入力すれば技が出る、が、コマンド通りに入力できるとは限らない。

そして技を出せば出すほど、コマンドが手に馴染んで、出すのが早くなるしミスも減る。

流麗なる——の言葉通り、踊るようにゴブリンを斬っていく。

「コマンド」が馴染んでいくと、技と技のつながりがますますスムーズになって、最初に長剣を握ったときよりも数段強くなっていってるのが自分でも分かった。

瞬く間に、ゴブリンを全部斬り伏せた。

「よし——」

「きゃっ！」

背後から小さな悲鳴が聞こえた、パルテノスの声だ。

振り向くと、パルテノスとセレスに、別のゴブリンの一団が襲いかかっていた。

そして距離は意外と離れていた。

目算で、ざっと二十メートルは離れている。

ゴブリンと戦っているうちに、順調に倒せていけたもんだから、前へ前へと進んでいったら結果的に二人と距離が空いてしまっていた。

そんな二人に、十体近くのゴブリンが一斉に飛びかかる。

二人を助けるために、地を蹴《け》って駆け出した。


「舐《な》めるな！」


が、それは必要ないことのようだ。

俺が駆け出したのとほぼ同じ瞬間に、セレスはカッと目を見開き、長剣を抜き放ってゴブリンを迎撃した。

実直な太刀筋《たちすじ》と、重厚な騎士鎧《きしよろい》に、【騎士鎧マスタリー】で軽装と同じ軽やかな身のこなし。

俺は足を止めた。

セレスがまったく苦戦するようには見えないからだ。

事実、苦戦はしなかった。

二人を取り囲んだ十体ほどのゴブリンを、セレスは次々と倒していった。

「へえ、よく把握《はあく》してるな」

感心した言葉が口をついて出た。

セレスはスキルの使い方も上手《うま》かった。

【騎士鎧マスタリー】の効果で、セレスが感じる重量は軽装――つまり服を着ているだけなのとほぼ同じだ。

しかし騎士鎧の質量が消えたわけじゃない。

セレスはそれを利用して、時には体当たりなどを仕掛けて、騎士鎧の「質量」も武器に使った。

俺以上に超接近戦で戦ったせいで返り血をたくさん浴びたが、傷一つ負っていない完勝でゴブリンを全部倒した。

長剣の血を払いつつ、頬《ほお》についた血を拭《ぬぐ》うセレス。

戦闘終了したところで、俺は再びゆっくり二人に近づいた。

「大丈夫だったか？」

一部始終見ていたが、念の為に聞いてみた。

「だ、大丈夫」

パルテノスは驚きがまだ少し残っていた。

セレスと違って、それほど戦いに慣れていない上に、ゴブリンに奇襲をかけられたのだから、驚きと怯《おび》えがまだ完全に引いていない様子だ。

「そうか。セレスは？」

「感謝する」

「ん？」

セレスから返ってきた言葉に、首を傾《かし》げて聞き返した。

「私のような女にとっては、信じて任せてくれることが一番嬉しい」

「余裕そうだったからな」

「それが……一番嬉しい」

セレスはそう言い、はにかんだ。

格好は凛然《りんぜん》とした女騎士そのものなのに、まるで少女のようにはにかんだ。

地というか、素というか。

そういうのが出てくる、そういうのが出てくるくらい嬉しいことだったんだな。

俺はそっとセレスを引き寄せて、唇を重ねた。

火のように熱い唇に自分の唇を押しつける。

顔のまわりについたゴブリンの血の香りが、普段とは違う野性的な香りでキスの味を引き立てた。

「ね、ねえ」

セレスとのキスが終わると、おそるおそる、って感じでパルテノスが声をかけてきた。

俺を見つめる瞳は、強く訴えかけてくる一方で、何かに怯《おび》えているようだった。

「わ、私も次からは戦う」

訴えかけるのは分かるが、その怯えはなんだろうか——と一瞬不思議に思ったが、すぐに理解した。

俺に出逢《であ》うまでのパルテノス。

この世界で忌避《きひ》されるエルフという種族。

俺に捨てられる、それか興味をなくされるのが怖い——ってところだろう。

俺はふっと笑い、パルテノスにもキスをした。

「無理はしなくていい」

「無理なんて——」

「俺は強い女だけが好きってわけじゃない」

「え？」

「お前らしくしてればそれでいい。……ああ、そうだな。今みたいに無理したがるのはお前らしくて、それはそれで可愛《かわい》いと思うぞ」

「……っ」

パルテノスはハッと息を呑《の》んで、それからうつむいて、上目遣いで俺を見た。

俺がセレスを褒《ほ》めて、キスまでしたもんだから負けじとアピールしてきたのだが、そこでアピールしてこられるのはパルテノスらしかった。

控えめか、内気な性格の場合、それができない女もいれば、まったく論外としかいいようがないような、こういう場面で別の女への攻撃に走る女もいる。

それに比べれば「自分も自分も」って直接訴えかけてくる方が健気《けなげ》で俺好みだ。

「自分らしくしてればそれでいい」

「そ、そう?」

「ああ」

「……じゃあ、次からは私も戦う」

「そうか」

俺は小さく頷《うなず》いた。

考えた末にそうしたい、というのであればそれを止める理由はない。

そういうことなら――って考える。

モンスターの血は消耗品《しょうもうひん》だし、荘園《しょうえん》をぐるっと囲むにはかなりの量がいる。

まだまだモンスターを狩らないといけないから、上手くパルテノスの出番を作ってやるにはどうすれば一番いいのかを考える。

そんな中――どん、って音が聞こえて、背後からセレスが寄っかかってきた。

「セレス？」
「はあ……はあ……」

俺の背中に寄っかかって――というか抱きついてきたセレスは、さっきよりもさらに顔が上気していて、息を荒くさせていた。

「どうした――むぐっ！」

聞き返す間もなく、セレスは俺の体を正面に向かせて、キスをしてきた。
キスだけじゃなかった。
唇を押しつけたまま、体も押しつけてきた。
騎士鎧《きしよろい》の重さもあって、不意を衝《つ》かれたこともある。

俺はセレスにそのまま押し倒されてしまった。

セレスはめちゃくちゃに舌を絡ませてきた。

彼女としてきた中で、一番激しくて情熱的なキスになった。

そのキスは一分以上続いた。

しかも唇を塞《ふさ》いだまま舌を絡めてくるものだから、次第に息が苦しくなっていった。

舌を絡むキスは二種類ある。

互いに慣れていて情熱的だと、唇をぴったり合わせた状態で舌を絡める。

一方で、どっちかが慣れてなかったり受け身だったりすると、唇をやや離した状態で舌を絡めていく。

セレスは——というか俺の女たちはどちらかといえば経験もまだ浅いから、唇を離した状態でキスすることが多い。

その二つの違いは、息継ぎができるか、できないかだ。

そして今、セレスは初めて唇を押し当てた状態でのディープキスを求めてきた。

「……ぷはっ！」

一分もすると、セレスの方から息が続かなくなって、唇を離して息継ぎをした。

「なんで――むぐっ！」

セレスに聞こうとしたら、今度は横からパルテノスが割って入ってきた。

パルテノスもセレスと同じように、唇を強く押しつけてのディープキスをしてきた。

舌を激しく絡めてくるパルテノス、その舌を絡み返した。

なんでなのかは分からないが、悪意はない、敵意とか殺意とかそういったものはもっと感じない。

感じるのは、とにかく強く求めてくるという情熱と、強《し》いていえば「愛意」的なものだ。

だから俺は求められて、同じくらいのものを返して舌を激しく絡ませた。

「だめ、つぎ、わたしっ」

今度はセレスが熱に浮かされるような目と口調で、パルテノスを押しのけた。

そして俺の上に馬乗りになって、またキスをしてきた。

「わたしがさきよ」

「まだたりない、もっとしたい」

「わたしだってもっとしたい」

セレスとパルテノス、二人は代わる代わる、俺にキスを求めてきた。

気がつけば、二人とも服を脱いで生まれたままの姿になっていた。

明らかに普通ではない。

二人は、典型的な「発情」しているような感じになっている。

二人の求めに答えつつも、俺は何故そうなったのかを考えた。
すると、セレスがぺろり、と頬《ほお》についたゴブリンの返り血を舐《な》めた。

その舌が、瞳が。
いつもより何倍も艶《なま》めかしくて、色っぽかった。

「まさか――」

それ以上は深く考える暇もなく、二人に組み敷かれ、体を押しつけられ。
代わる代わる、唇を求められたのだった。

# 35話

THE STRONGEST HAREM OF NOBLES

EP.35

「……ふぅ」

肺に溜まった空気をまとめて吐き出しながら、全裸のまま、地べたにあぐらを組んで座り込む。

頬を伝って、あごからの汗が一粒、絡み合う足首に滴《したた》り落ちた。
ちらり、と傍《かたわ》らで寝そべっているセレスとパルテノスを見る。
二人は上着だけかけた状態で、ぐったり地面に横たわっている。
体の至るところに、情交の痕跡だと主張する体液が付着している。
普段よりも強く激しく求め合った結果だ。

俺は二人に近づき、顔をのぞき込む。

激情が過ぎ去った後の二人は、健《すこ》やかな寝顔をしている。


「もう大丈夫か」


少しホッとして、そうつぶやいた。

そしてセレスの顔に付着し、数時間たっても未だに乾いていないゴブリンの血を指で掬《すく》って、ぺろりとなめた。

生臭《なまぐさ》さが口の中に広がって、それが嫌でペッって吐き出した。

血の生臭さが不快だが、それ以上の何かはなかった。


「うぅ……」


セレスがうめき声をあげつつ、体を起こした。

こめかみを押さえて、まるで二日酔いのときのような振る舞いをした。

「大丈夫か？」

「うん、だいじょうぶ……え？　あっ!!」

体を起こしたセレス、必然と俺がかけただけの上着がぱらりとずれおちた。

セレスは慌ててそれを掴《つか》んで、自分の裸を隠す。

今更隠す必要もないのに——とは思ったが言わなかった。

「もう大丈夫か？」

「私……いったい」

「何も覚えていないのか？」

「覚えては……いる、けど」

セレスは消え入りそうな声で、ささやくように答えた。

へえ、覚えているのか。

それは珍しい。こういうのって記憶そのものがなくなっているもんだって思ってた。

「どれくらい覚えてるんだ？」

「えっと……その……」

「ん？」

「ぜ、全部」

「なるほど」


俺はふっと微笑《ほほえ》んだ。

答えにくそうにしたセレス。

全部覚えているのなら、自分のあの痴態《ちたい》を恥じ入っても仕方ないところだ。

それほどセレスは——パルテノスもだが、二人は乱れに乱れたわけだ。


「恥ずかしがることはない」

「え？」

「自分の女に求められて悪い気はしない。こっちもいい思いをさせてもらったわけだしな」

「う、うん……」

「一応訊くが、なんでそうなったのかは分かるのか？」

「たぶん……」

「ゴブリンの血か？」

「……ああ」


セレスは小さく頷《うなず》いた。


ゴブリンの血。

あれをぺろりとなめてから、セレスは豹変《ひょうへん》した。

まるで媚薬《びやく》だ。

それも意識が――いや、人格そのものが変わってしまったかのような、それくらいの効果があるとんでもないレベルの代物《しろもの》だ。

俺には効かないのか、それとも女にだけ効く代物なのか。

それは分からないが。

「まあ、今後気をつけることにしよう。モンスターの血の調達と扱いも、俺とゴウリキがやるようにする」

「だ、大丈夫。気をつけてやるから」

「いやいい」


俺がそういうと、セレスはきょとんとした。

さっきは悪い気はしないって言ってたじゃないか、というのが聞こえてくるような表情だ。


俺はふっと笑い、答える。


「悪い気はしないが、あの状態じゃみんな同じになってしまう」

「同じ……」

「女はみんな違った魅力がある、本人にしかないようなものが。おまえもそうだ。あの状態じゃみんな同じになって、悪くはないがもの足りない」

「そ、そうなの」

「だからもう触るな」

「……分かった」

セレスは小さく頷いた。

表情が晴れて、彼女らしさが戻ってきた。

☆

俺たちはモンスターの血を馬車で荘園《しょうえん》まで持ち帰ってきた。

馬車を荘園の中に入れると、コウネリアが駆け寄ってきて、俺たちを出迎えた。

俺は御者台から飛び降りて、コウネリアと向き合う。

コウネリアは相変わらずバニーガール姿のままで、ちょっとだけ心配そうな表情をしていた。

「ただいま」

「お帰り、大丈夫だった？」

「ああ。……一つ聞いていいか？」

いきなりなんて？　ときょとんとするコウネリアに、俺は森の中での出来事を話した。

セレスとパルテノスがモンスターの血を口にして、人が変わったかのように発情したことをコウネリアに話した。

「……あっ」

話を最後まで聞いたコウネリアがハッとして、何かを思い出したような表情になった。

「やっぱりそういうことなのか?」
「う、うん。村ではたまにそういう風に使われてたから」
「なんでそれを使うんだ?」

正直、アリスを助け出した奴隷《どれい》商人の裏商売とか、パルテノスを身請けした娼館《しょうかん》ならそういうのを使うのも分かる。
だが、コウネリアの生まれ故郷であるあの農村が、媚薬として使うのは想像がつかなかった。

「あのね、初めての子が使うの」
「初めて?」
「あのね、初めての子だと失敗することもあるけど、モンスターの血を使うと失敗しないから」

「なるほどな」

……。

「あっ」

「な、なに？」

「いやなんでもない」

俺はふっと微笑んでごまかした。

コウネリアの話を聞いて、一つ思い出したのだ。

俺は元日本人で、この異世界に転生した。

転生した先は貴族で、この世界の貴族として、いろいろな常識と知識を身につけた。

その一つが、貴族ほど結婚相手に純潔を求めるということだ。

こっちの世界にＤＮＡ鑑定の技術はない。

魔法にもそういう感じのものはなかった。

だから貴族は自分の跡継ぎであることを確実にするために、特に長男の結婚相手には純潔を求める。

その流れで、確実に処女だと見抜く方法も色々とあるらしく、極端なやり方だと跡継ぎの長男と結婚相手の初夜は、めざとい年長者に見られながらする、というのもある。

要はジジイババアに見られながらやるってことだ。

初めてその話を聞いたときは、ぞっとしたのを覚えてる。

物事には裏表がある。

男側があの手この手で見抜こうとするということは、女側も何かしらの理由でごまかそうとしたから、そうなったんだろう。

俺はモンスターの血を口にした時のセレスとパルテノスのことを思い出した。

あの乱れっぷりなら、処女もそうじゃないのも同じような感じになったんだろうなと思った。

何しろセレスもパルテノスも俺しか知らなくて、経験回数もまだ片手で収まる。

それでああなら——ってわけだ。

いきなりモンスターの血を使ったらバレるだろうが、村のしきたりとして必ず毎回使うのならバレようがない。

……村の先人たちに何があってそうしたのか、ちょっとだけ興味を持った。

☆

女たちを遠ざけて、俺は宣言通りゴウリキと二人でモンスターの血を取り扱うことにした。

荘園の外周で、処理して樽詰《たるづ》めにしたモンスターの血を持ってきた。

「ま、まずい」

俺に促されて、モンスターの血をぺろりと舐めたゴウリキが、顔をくしゃくしゃにして感想を口にした。

コウネリアに聞いて、男には効果がないって分かったが、念の為にゴウリキにも確認させたわけだ。

「ははは、そうかまずいか。悪かったな、後でアウクソに言って甘いものを出させてやる」

「ほほんとうか」

甘いもの、と聞いてゴウリキは嬉しそうにした。

口調とは裏腹に賢い感じがするゴウリキだが、一方で甘いものが絡むと子供っぽさがでた。

それが愛嬌《あいきょう》になって、三メートル近い巨体なのに妙に可愛《かわい》らしく見えてくる。

「ああ本当だ」

「おれ、がんばる」

甘いものと聞かされて、がぜんやる気が出たゴウリキ。

樽をまるでコップのように持ち上げた。

その樽に入っているモンスターの血を、荘園の外周、その柵《さく》のすぐ外に撒《ま》いていく。

血なまぐささが鼻腔《びこう》の奥を刺激する。

こんなに大量に血を撒いて大丈夫なのかと、「やっている」とコウネリアに聞かされてはいたが、あまりの臭《にお》いにそう思った。

次の瞬間、事態が「大丈夫じゃない」に転んだ。

ゴウリキが血を撒いた横から、地面がボコボコと穴が空《あ》き始めた。

でっかいポリバケツほどの穴だ。

その穴から同じくらいのサイズの、ミミズのようなのが出てきた。

めちゃくちゃぶっとい、抱きかかえようとしても両腕が回らないくらいのぶっといやつだ。

「モンスターか」

「さ、さんどわーむ、だ」

ゴウリキが言う、サンドワームとやらは穴から這《は》い出て、顔とか表情とかはないのに、はっきりと「嫌がってる」のが分かるように悶《もだ》えていた。

地中から這い出たサンドワーム、体についた泥をよく見ると、血が混ざったどす黒い色の泥だった。

サンドワームは這い出たあと、地面に体をこすりつけて、泥を落とすようにした。

その動きだけでも、いかにモンスターの血を嫌っているのかが分かる。

「……ふむ」

サンドワームの反応を見て、俺の中で一つの疑問が浮かび上がってきた。

「あ、あぶない！」

「――っ！」

ゴウリキが叫んで、俺は横っ飛びした。

泥をあらかた落としたサンドワームが、こっちに突っ込んできたのだ。

とっさに反応して避けたが、サンドワームが俺のいたところの地面に突っ込んだ。

まるで地面がただの薄板かのように、サンドワームは突っ込んだ勢いだけで半分ほど地面に潜った。

「こ、こいつ」

「……ふっ！」

俺は長剣を抜き放って、【流麗《りゅうれい》なる長剣マスタリー】を発動して、サンドワームに斬撃《ざんげき》を放った。

「固いな！」

【流麗なる長剣マスタリー】でしっかりとらえたが、サンドワームの表面の、薄皮一枚に傷をつけただけだった。

ステップを踏みつつ、さらに数回斬りつける。

斬るたびに激しく暴れるサンドワームの動きを交わしつつ、斬りつけていく。


結果は同じで、表面がちょっと傷付いただけだった。


その名の通り流麗な剣捌《けんさば》きだが、パワーはまったく足りない。

これが人間で、重装甲な鎧《よろい》を纏《まと》っていたりしても、関節とかそういうのを狙って斬撃を放り込めばどうとでもなる感じがする。


しかしこういう硬いモンスター相手だと。

目の前のサンドワームとか、例えばゴーレムとか。

全身が満遍《まんべん》なく硬いモンスターには、この【流麗なる長剣マスタリー】が通用しない。


「こ、この！」

背後からゴウリキの叫び声が聞こえる。

ちらっと見ると、ゴウリキのところに別のサンドワームが這い出てきて、ゴウリキと組み合っていた。

人間基準では巨大なサンドワームでも、ゴウリキのサイズだと縄跳びの縄がまとわりついてるように見える。

それだけでなく、地中からさらに数十体、人間の俺でも細く見えるサンドワームが這い出てきて、こっちは一目散にモンスターの血をぶっかけたところから逃げ出していた。

「おっと！」

対峙《たいじ》しているサンドワームの攻撃を避けつつ、まずはコウネリアが教えてくれた分の、効果が出ていることに、ひとまずは満足した。

それはそうと、目の前のこいつをなんとかしないとな。

避けつつ、攻撃を加える。

やっぱり手持ちの長剣と【流麗なる長剣マスタリー】じゃ決定打に欠ける。

ちらっとゴウリキを見る。

ゴウリキはサンドワームと肉弾戦を繰り広げてて、相性がいいこともあって、俺よりは優勢に戦ってる。

あのままならあと数分で完全に制圧できるだろう。

ならばこのまま牽制《けんせい》に徹して、先に倒したゴウリキと協力してこっちも——っていうのもいいが——自力でなんとかしたい気持ちがある。

とりあえず長剣と【流麗なる長剣マスタリー】じゃ決定打にならないのは分かる。

俺の手持ちのカードは他に何かあるか、とあれこれ考えてみた。

手持ちのスキルはあと四つ。

そのうち【ノブレスオブリージュ】は論外オブ論外だ。

男でもいやなのに、ミミズ相手に触手プレイをするくらいならモンスターの血が入った樽《たる》に頭突っ込んで溺死《できし》した方がマシだ。

そうなると残りは三つ。

【予言】【透視】【不屈の騎士鎧マスタリー】の三つだ。

【不屈の騎士鎧マスタリー】は無理だ。確かに戦闘能力は上がるが、相性以前の問題に発動させようと思えば「鎧を取りに行ってつけてくる」をやらないといけない。

【透視】は一応やってみたが、サンドワームが透けて見えるだけで意味はなかった。

残りは【予言】。

サンドワームに斬りと蹴《け》りを入れて、その反動で距離を取りつつ【予言】を使う。

すると、【予言】特有の詩的な文章が見えた。

相変わらず分かりにくくて、解読に少なくとも一時間はかかりそうな文章だった。

これもやっぱり使えない――。

「――っ!!」

【予言】もダメだと判断しかけたその時だった。

目の前の予言の内容が変化したのだ。

サンドワームと戦って、攻撃して避けたりして、立ち位置が入れ替わった瞬間に予言が変わった。

「……これ、すごいぞ」

その時その時の最適の予言をしているって理解したとき、俺は、このスキルのポテンシャルに気づいて、興奮しだしたのだった。

# 36話

THE STRONGEST HAREM OF NOBLES

EP.36

荘園《しょうえん》の中、館の前の空《あ》き地。
俺はセレスと向き合っていて、模擬戦《もぎせん》をしていた。
二人とも持っているのは木を削《けず》り出して作った木刀。
模擬戦だから、安全を考えて木刀にした。
長剣から木刀に持ち替えたせいで、【流麗なる長剣マスタリー】が発動しない。
それで「木刀の一番いい使い方」が分からない。
長剣を握っているときと違って、セレスよりかなり弱くなったが――今はそれでいい。
勝つのが目的じゃない。
【予言】のチェックのためだ。

俺は、手心を加えてくれているセレスの攻撃を受け止めつつ、【予言】の内容を注視する。

「オッケーだ、そこまで」

模擬戦を約五分間やって、知りたいことが知れたところで、俺から模擬戦の終了を切り出した。

木刀で終始俺を圧倒してたセレスは申し訳なさそうな顔をして、動きを止めて木刀を下ろした。

「ありがとう、助かった」

「今のでよかったの？」

「ああ、ばっちりだ。俺の想像、いや推察通りだった」

「というと？」

「【予言】というスキルを戦闘向けに使うと、その戦いをどうしたら勝てるのかという予言をしてくれる」

「どうしたら勝てるのかの予言？　………………それって!?」

セレスは少し考えたあと、ハッとしてものすごくびっくりした顔になった。

「どんな相手にも勝ってしまうってこと？」

「理論上はそうなるかもしれない」

俺はふっと微笑《ほほえ》みながら答える。

奥歯にものが挟まったような答え方になったから、セレスは眉《まゆ》をひそめて首を傾《かし》げた。

「理論上は？」

「【予言】は意地悪だ」

俺は肩をすくめた。

「そいつが出した予言は難しすぎる。頑張って解読しようとしてても、読んでるうちに状況が変化して新しい予言に変わってる」

「あっ……」

「あれは無理だ。時間でも止めて――そうだな、毎回三十分くらい止めて解読すれば使い物になるかもしれないな」


皮肉を込めてそんなことを言ってみた。

それができたら使い物になるのは間違いない。

もっとも、そんなことができるなら、【予言】がなくてもどんな戦いにも勝ててしまうけどな。


「そうなのか……」

「問題点は見つかったし、ポテンシャルは高いんだ。それが分かっただけでも上出来だろう」

そう、上出来だと思った。

ポテンシャルの高さは間違いない。

戦いの最中、常に最適解を示してくれるんだから。

問題は単にそれが難しいっていうだけのこと。

ただの一般人がF1マシンに乗ったみたいなもんだな。

乗りこなせば速いのは分かるけど、乗りこなすのが難しい。

まあ、いいさ。

【予言】が長期的なことじゃなくて、短期的なことにも使えるってのが分かっただけでも儲《もう》けものだ。

☆

「ごめんなさい……」

「かまわん、むしろ予想してたことだ」

俺の館、リビングの中。

俺はアウクソとアリスの二人と向き合っていた。

メイドの姉妹の姉、アウクソは申し訳なさそうな顔をしていて、その妹であるアリスがはらはらした様子で姉の横で支えていた。

荘園の掃除《そうじ》とか手入れとかを任せていたアウクソ姉妹。

コウネリアの件を終わらせて、その流れで荘園のまわりにモンスターの血を撒《ま》き終えて。

それで一息ついたところでアウクソから現状を聞いた。


すると、放置されてた期間が長くて、さらにごろつきたちが乱暴に使ってた痕跡もあって。

半数以上の建物はリフォームクラスの手入れをしないととても住めたもんじゃない、という報告を受けた。


報告をした後、アウクソは申し訳なさそうな表情をした。

俺の命令を遂行《すいこう》できなかったから、という感じで意気消沈している。


「あの！　でも！　が、頑張れば修繕《しゅうぜん》だけでも」

「無理するな、どう見ても大規模な手入れがいるんだろ？」

「そ、それはそうですけど……」

「だったらそれでいい」

「でも――」

「アウクソ」

俺はちょっと強めに、アウクソの言葉を遮《さえぎ》るように言った。

「俺はお前の主で、お前は俺の使用人だ」

「え、は、はい！」

「俺はお前に『掃除』を頼んだ、そうだろ？」

「はい……」

「ってことはだ、最初から『掃除』じゃ済まない状況だっていうんなら、それはもうお前の責任じゃない。主の責任と判断が必要になる場面だ」

「あっ……」

「むしろよくその状況をまとめて報告してくれた。いい子だ」

「あ、ありがとうございます」

「よかったね、お姉ちゃん」

さっきまでシュンとしてたアウクソだったが、一気に顔が晴れやかになった。

横でハラハラしながら見守っていたアリスも、同じように笑顔になった。

そう、これでいい。

元いた世界で、腐るほど見てきた光景だ。

上司が些細《ささい》なミスで怒ったり、「ミスをなくせ」と言ったりするとどうなるか。

人間はどうあがいたってミスする生き物だ、ミスを許さないとなると、人はミスそのものを隠蔽《いんぺい》に走る。


そして大抵の場合、隠蔽に走られた方が、ミスは雪玉式に大きくなっていくものだ。

だからミスをなくせじゃなくて、ミスしたら報告できる空気を作るのが大事だ。


もちろんアウクソの今のはミスなんかじゃない、でも本質は一緒で、この先のことも一緒だ。

この先、アウクソが俺に怒られたくない、失望されたくない一心で自分でなにかを背負い込もうとされるほうが迷惑だから、今ここで「ちゃんと報告できた」ことをほめてやった。

その効果は抜群《ばつぐん》で、嬉しそうにはにかんでるアウクソの様子を見ていると、今後もちゃんと報告してくれそうだった。

さて、それはいいんだが――と俺は天井を見上げた。

このリビングはそれなりにまともだが、天井もよく見ればボロかったりする。

「あの辺、雨が降ったら雨漏《あまも》りしそうだよな」

「は、はい。すると思います」

「雨漏りくらいなら私たちでも直せますけど、どうしますか？」

アリスがそう言って、俺の判断を求めてきた。

俺は考えた。

昔やったゲームと似たような感じになったな。

というか、ゲームでよくあるスタートだ。

最初にボロい建物と道具だけ支給されて、それを使って四苦八苦しながらも資金と資材を稼《かせ》いでいって、稼いだもので建物を改修したり新しい道具を手に入れたり――という感じだ。

それを参考にするのなら、まずは当面の資金と資材をどうにかすることを考えるべきだろうな。


「……とりあえずはいい。まずは人捜しだ」

「人捜し？」

「大工とか……建築系のスキルをもった人を捜して、スカウトだな」


俺はまず「人」からと決めた。

この世界に転生した俺のベースは、スキル【ノブレスオブリージュ】だ。

何も説明がないまま、転生したときに持ってきたスキルだが、今のところ一つ分かっている。

女を抱いて、その女が持ってるスキルをコピーした上で、一つ進化させるスキルだ。

だからここは「人」を探すのが正解のはずだ。

俺はアウクソとアリスの方を向いて、答える。

「ここは荘園《しょうえん》、この先、人を増やしていくんだ。だったら、建築とか修繕とかも、身内でできるのがいた方がいいだろ？」

「なるほど、確かにご主人様の言うとおりかも」

アリスはそう言い、小さく頷《うなず》いた。

「でもご主人様、心当たりってあるんですか？」
「お前にはお礼を言わないといけないな」

にこりと返事をすると、アウクソはきょとんとなった。

「私、何もしてませんけど……」
「【予言】さ」
「あっ……」
「【予言】をつかえば、どこで出会えるのかが分かるはずだ」

俺はにやりと笑った。
ゆっくりと人捜ししながら、【予言】は全然問題なく使えるスキルだ。

# 37話

THE STRONGEST HAREM OF NOBLES

EP.37

次の日、コウネリアと二人で、荘園から三時間くらいの距離にある街にやってきた。

ガイラという名前の街で、人口は一万人ちょっと。

小さな街だが、こっちの世界では県庁所在地くらいの感覚の規模の街だ。

そこにコウネリアと二人でやってきた。

街に入るには、まずは入り口にある検問を通らなくてはいけない。

小さい街だと検問なんてなかったりするが、県庁所在地レベルのこのガイラって街だと、そのあたりはちゃんとしてる感じだ。

高速道路の料金所的なところで、武装した兵士の若い男と向き合う。

その男はコウネリアの格好——バニーの格好をみて眉《まゆ》をひそめながら聞いてきた。

「名前は？　どこから来た？」

「あっ、えっと――」

答えようとするコウネリアを手で制止して、代わりに俺が答えた。

「ユウト・ムスクーリ。こういう者だ」

俺はそう言って、懐《ふところ》から手の平サイズのコインを取り出して、男に見せた。

コップの下に敷くコースターくらいのサイズをしたコインで、材質は黄金でできていてムスクーリ家の家紋が描かれている。

それを見た男は数秒間きょとんとしたが、やがてハッとして、両手両足をビシッと揃えた直立不動の姿勢になった。

「も、申し訳ございません！」

「かまわん。通るぞ？」

「もちろんでございます！」

男がパッと頭を下げる横で、俺はコースターサイズのコインを回収しつつ、コウネリアを連れて検問を通った。

男の豹変《ひょうへん》ぶりにコウネリアは目を見開いて驚き、俺と男の間を視線で何度も行き来した。

検問を抜けて、街の中に入ったあと、コウネリアが横に並んで、聞いてきた。


「ね、ねえ」

「ん？」

「今のは？」

「ああ、名刺を見せたんだ。うちの家紋が入った名刺を」

「めいし……？」

ああ、名刺が分からないのか。

まあ、名刺というか水戸黄門《みとこうもん》の印籠《いんろう》みたいなものだしな、今のって。

俺は少し考えて、分かるように説明を言い換えた。

「俺がムスクーリ家の人間だって証明するものだ。ここはぎりぎりでうちの領内だからな」

「……うちの？」

「ああ」

「…………ええええええ!?」


一呼吸遅れて、コウネリアが大声を上げた。

立ち止まって、ものすごくびっくりした顔で俺を見つめる。

まわりの人間が「なんだなんだ？」って注目し、俺も振り向いて、コウネリアを見た。

「りょ、領内って。あんた領主様だったの？」

「その、息子だ」

「………」

今度は口をぽかーんと開け放って、ますます驚いた仕草を見せるコウネリア。

「気づいてなかったのか？」

「そんなの知らないよ！　領主様と会うことなんてないんだから」

「ちがう、気づいてなかったのか？　って聞いたんだ」

「え？」

「あの荘園の本来の持ち主だって言っただろ？　それで気づかなかったのか？」

「…………あ」


またまた固まってから、あっと気づくコウネリア。

そう、荘園の本来の持ち主ということで、領主かその一族だって気づくべきだ。

だから俺もすっかり、コウネリアが気づいているもんだって思い込んでいた。


「だ、だって……あそこって、盗賊《とうぞく》みたいな連中が使ってたし」

「ああ、そこで先入観で固まっちゃったわけか」


俺はなるほどと頷いた。

それならしょうがないかって思った。

「ね、ねえ」

「ん？　今度はなんだ？」

「私、一緒にいて――んぐっ！」

なんか言いたいことが最後まで聞かなくても分かるようなものだったから、俺はその言葉を遮《さえぎ》るようにして、コウネリアの体を抱き寄せてキスをした。

「おいおい、なんだよ路上で」

「やるなら宿行ってやれ、宿で」

何事かと目を向けてきたり足をとめた者たちも、いきなりキスを始めたのをみて、ほとんどが呆《あき》れるかちょっと怒ったような顔をした。

そんな中、五秒くらいの短いキスをしたあと、コウネリアを解放する。

「これが答えでいいか？」

「う、うん」

「よし」

俺はフッと微笑《ほほえ》み、コウネリアを連れて歩き出した。

コウネリアがおずおずと後をついてきた。

俺は笑顔のままさりげなく速度を落として、コウネリアと肩を並べるようにして歩いた。

「さて……この街は初めて来るけど、大工ギルドはどこかな」

「あっ、それならこっち」

「知ってるのか？」

「うん、何回か前を通ってるから」

俺は頷き、先導するコウネリアについていった。

しばらく歩くと、ちょっと空気が違う区画にやってきた。

駅前の商店街を歩いていて、住宅街に入ると「ああ雰囲気《ふんいき》違うな」って思うのと同じで、いつの間にか街並みが完全に変わっていた。

「どういう場所なんだ？　ここは」

「ここはいろんなギルドが集まってるところ」

「へえ」

コウネリアにそう言われて、俺はまわりを注意深く観察した。

すると、あることに気づく。


「なるほど……ものよりも人間か」

「え？」

「どの建物も人間が入ればいいって造りをしてる。ものを売る商店なら裏に荷馬車をとめて荷物を搬入出来るように造ってるし、宿屋も表にそういうのがある。それがこの辺じゃそういうのがまったくない」

「あっ……」

「人間と……あと情報もか。そういうのが集まっては配られていく場所なんだろうな」

「す、すごいね。そんなことが分かっちゃうんだ」

俺はふっと微笑んだ。

「問題はここで合ってるかどうかだな」

俺は仲間に大工、もしくは建築系のスキルを持った人間を加えるにはどうしたらいいのか？　って【予言】を使った。

ちなみに「女」じゃなくて「人間」にした。

理由は二つ。

一つはまあ、いわゆる「大工」とか「建築家」だと、俺が持っているイメージは九割方が男ということだ。

そしてもうひとつがゴウリキの存在。

ゴウリキを部下に加えたから、有能なら男でも加えていいかもしれないって思った。

もちろん、俺の女に手を出さないという条件がつくが。

その辺はまあ、丁寧《ていねい》に見極めていこう。

「どうするの？」

「とりあえず入ってみよう」


俺は少し考えて、コウネリアにそう答えた。

【予言】の内容をもう一度確認してみたが、やっぱり内容が難しくて、このガイラの街に何かがあるくらいしか解読出来ない。

そのガイラにしたって、一〇〇％正しいという確証もないのが実際のところだ。

とはいえ、他に手がかりがあるわけでもないから、まずはこの大工ギルドから当たることにした。

俺たちは大工ギルドの中に入った。

扉に金属製のベルがつけられていて、開いて中に入るのと同時に音が鳴って、一部の人間がこっちを向いた。

俺は中を見回した。大工ギルドの中は、何かの相談所みたいな感じだった。

整然とテーブルが並べられてて、それを使ってあっちこっちで商談っぽいのが行われている。

ベルの音でこっちを向いた人間のほとんどは音になんとなく反応したって感じで、すぐに興味をなくして自分達の商談に戻っていった。

唯一、役所のカウンターみたいなのがあって、その向こうにいる中年男だけがずっとこっちを見ている。

大工ギルドの人間かな、まずは話を聞いてみるか——。

「どうしたの？」

カウンターのほうに向かいかけた俺は足を止めて、それを見たコウネリアが不思議そうに小首を傾《かし》げた。

俺は止まって、隅っこにある一つのテーブルに視線が釘づけになった。

明らかな場違いを感じた。

他のテーブルはすべて複数人がいて、何かを話し合っている。

だがそのテーブルは一人っきりだ。

さらに他のテーブルは大抵、片方は「ザ・大工」って感じのむさいおっさんかムキムキなマッチョがいる。

しかしそのテーブルにいるのは可愛《かわい》らしい服を着た少女だ。水色と白をベースにした、ナントカの国のアリス——っていう感想がストレートに出てくるくらいの可愛らしい服。

無理して着てるのかといえばそうでもなくて、本人も小柄でよく似合っている。

違和感があるのはロケーション。

そんな可愛らしい服を着た可愛らしい少女が、なんで大工ギルドの隅っこで一人座っているのか、それだけが問題だ。

「……座敷童《ざしきわらし》？」

「なにそれ？」

思わず発想が明後日《あさって》の方向に飛んだ俺、そして当然ながらそれを理解できないコウネリア。

「いや、あそこ……」

本当に座敷童なんて可能性も、なんて思った俺は曖昧《あいまい》に「あそこ」とだけ言った。

「あの女の子」
なんて言ったら。
「え？　女の子なんてどこに？」

って言われるのがちょっと怖かったからだ。
だがそれは杞憂《きゆう》だった。

「可愛い服……あれ？　なんで大工ギルドに子供が？」

どうやらコウネリアにも見えているようで、そしてちゃんと不思議に思う組み合わせだった。
とりあえず座敷童とかそういうオカルト路線じゃないことにホッとする俺。
俺は彼女にものすごく興味をもって、気づいたら近づいて声をかけていた。

# 38話

THE STRONGEST HAREM OF NOBLES

EP.38

「アンナ・ククルスなのです」

大工ギルドを出て、近くの食堂に移動した。

店の中に入って、落ち着いて話せる席を。と言って、店の看板娘にチップを握らせたら、奥にある個室に案内してもらえた。

その個室で、向き合って座る俺たちとアリス服の少女。

幼さが残る口調で、彼女は自ら名乗ったのだった。

「俺はユウト・ムスクーリ」

「コウネリアだよ」

一通り名乗りあった後、俺はアンナに聞き返した。

「ククルスって今いったよな。ガイア・ククルスは身内なのか？」

「お父さん、なのです」

「……そうか」

俺は小さくうなずいた。

ククルスという名字《みょうじ》を聞いた途端もしやと思った。

たとえるのなら、日本にいた頃に「明石家《あかしや》です」って名乗られたら「えっ、もしかして、あの？」って思うのと同じくらいのことだ。

それくらいの有名人だから聞いてみたが、ビンゴだったようだ。

「ねえ、ガイア・ククルスって？」

一人で納得する俺の横から、事態を呑《の》み込めていないコウネリアが聞いてきた。

俺はコウネリアに目をむけて、頷《うなず》いた。

そうか、コウネリアのような農村育ちだと知らない名前か。

「有名な大工……いや建築家だ。俺が知っているだけでも一、二、三、四……七人の貴族の屋敷がガイア・ククルスの設計だ」

思い出し、指を折って数えながら答えた。

ちなみにその七つの屋敷は全部外見を思い出せる。

それくらい特徴的なものばかりだ。

「そんなに！　人気の人なの？」

「ああ。美的センスはもちろん、使いやすい造りなのでも有名。その上遊び心もあってな、持ち主でさえ知らないようなギミックが、いつの間にか仕込まれていることもある」

「えええ!?　そ、そんなことがあるの？」

「たとえば、とある貴族の屋敷の話だが、跡取りの長男が生まれた直後に建てられた屋敷だが、成長して十年後わんぱく坊主《ぼうず》になった長男が、階段裏に地下の隠し部屋が見つけて、そこにガイア・ククルスからのお祝いが残されていたって話だ」

「へえ……」

「お父さん、いたずら好きだったのです」

感心するコウネリアに、アンナは表情に一抹《いちまつ》のさみしさをにじませながらも、口調はほとんど自慢しているようなものだった。

それだけでも、自慢の父親だと思っているのが窺《うかが》える。


しかしまあ、驚きだ。

【予言】でここまで来たけど、まさかここでガイア・ククルスの娘に出逢《であ》うとはな。

彼女を通じてガイア・ククルスと知り合えるのかな、なんて思ったりもした。

ガイアのことは、建築にあまり興味のない俺でも知っているレベルだ。

なぜなら貴族同士で建築の話になると、必ず出てくるような名前だ。

そして設計して、落成した屋敷の絵を見せてもらうと、それが一発で記憶に残るくらい特徴的なもの。

貴族同士のやり取りといえば、こっちは悪い意味で記憶に残った。

誰々がやっとガイアを口説《くど》き落とせた、私もようやくガイアに屋敷を建ててもらった。

そういう話が、訪ねてきた貴族と父親が話してるのを何回も聞いたことがある。

ほとんどがそういう話だから、さして特徴もない話でも何度も聞かされると記憶に残ってしまう。

「なあ、お前は自分の父親の仕事の詳細を知ってるのか？」

「お父さんの仕事なのです？　はい、いろいろ見ていいるのです」

「じゃあクリュテティ公爵の屋敷のことは知ってるか？」

「はいです。あれはもう見つかったです？」

ある意味、念押しの確認だが、アンナの物言いで間違いなく身内、最低でもその時、側で見ていた人間なのだと確信する。

俺はフッと微笑《ほほえ》みながら、答える。

「落成から丁度《ちょうど》十年目に、まったくの偶然でな」

「それはよかったです」

「ねえ、今度はなんの話?」

コウネリアがまた聞いてきた。

「クリュティ公爵って人の屋敷も、彼女の父親が建てたんだ」

「うん……それは今の話の流れで想像がつくよ」

「その屋敷にとんでもないギミックが仕込まれていたんだ。ギミックの解除というか、発動するには屋敷の『全部の鍵《かぎ》』が解除された状態じゃないといけない」

「全部の鍵? それだけ?」

「それだけって思うよな」

俺はあははと笑った。

俺も転生前は三畳《じょう》一間のワンルームにすんでいて、鍵なんて玄関と、一人用のアパートなのにトイレに何故かついている合計二つだけだったから分かる。

普通は、家にそんなに「鍵」なんてあるとは思わない。

が。

「貴族の屋敷、それも公爵ともなると、部屋は数十個、『鍵』って呼べるものは優に三桁《けた》を超えるもんなんだ」

「そんなに!?」

「そうなると全部が解除された状態なんて、なかなかないわけだ」

「そ、そうね……」

コウネリアは頷いたが、まだ信じがたい――ってな顔をしている。

まあ、そりゃそうだ。

信じがたい表情をしたが、それでもコウネリアは頑張って疑問を呑《の》み込んでから、さらに聞いてきた。

「鍵が全部解除されて、それでどんなギミックが動いたの？」

「貴族の屋敷には、必ず観賞用の池があるんだけどさ」

「うん」

「その池がパカッと割れて、池の底の、さらに下から石像が現れたんだよ」

「つまり、池の下に隠し部屋があって、ギミックが発動すると隠し部屋が現れて、石像が出てきた」

「え？」

「しかもただ出てきたんじゃなくて、地上にリフトアップしてきたんだ」

「はあ……」

「どうして？」

「ど、どうしてそんなことを？」


コウネリアの疑問を、俺はそのまま受け流してアンナに向けた。

「アンナも分からないです、お父さんはそういうのを男のロマンだって言っていたです」

「お、おとこのろまん……」


コウネリアはポカーンとしてしまう。

一方で、俺は「おいおい」と思った。

その話を聞いた時、俺の頭の中で、プール下から登場するスーパーロボットを連想した。

そこにきて、本人の娘から聞かされた「男のロマン」という証言だ。

男のロマンというのが、転生した異世界でも共通するものなのか——とちょっとだけ呆《あき》れに似た「おいおい」という気持ちになった。

俺が知っているだけでもガイア・ククルスのこういった逸話は数知れず、まともに話したらそれだけで一晩かかってしまう。

今のやり取りでアンナがガイアの娘だと確信したところで、俺は本題を切り出した。

「単刀直入《たんとうちょくにゅう》に聞くが、お前の父親は今どこだ？」

「お父さんは天国に行ったです」

「……そうか、悪かった。無神経で」

アンナは小さく首を振った。

寂しげな表情をした。

さっきもしたその表情はそういう意味だったのか、と今更ながらに理解した。

俺はちょっと落胆《らくたん》した。

もう死んでるのならしょうがない。

が、すぐに立ち直った。


【予言】はここに来いって言ったのだ。

そしてここでガイア・ククルスの娘と出会った。


この出会いには必ず意味がある。


俺は考えた。

アンナとの今までのやり取りを、もう一度頭の中に思い浮かべてみた。


『いろいろ見ていろいろ、いるのです』


「お前は、父親の仕事を見てたのか？」

「はいです」

「だったら……父親から建築の技術を受け継いでるか？」

「……」


聞くと、アンナは沈んだ表情になった。

目を伏せて悲しげな顔をした。

しばらくして、彼女は搾《しぼ》り出すように答える。

「お父さんは……男の子が欲しかったです」

「……跡継ぎにか？」

アンナは顔を上げないまま、テーブルを見つめたままの姿勢で小さく頷《うなず》いた。

世間にごまんとある話だが……本人からしたら悲劇だっただろう。

「はい……アンナのことは娘として可愛《かわい》がってくれたのです。でも、建築のことは一切教えてくれなかったです」

「ずっと見てたのにもかかわらずか？」

アンナはもう一度小さく、しかしはっきりと頷いた。

ここまでの話を聞けば、アンナは父親のことを尊敬し、跡を継ぎたかっただろうというのが想像できた。

だけど、彼女の父親、ガイア・ククルスはそうしなかった。

何かこだわりがあるのだろうか。

「息子の代わりに弟子とか取らなかったのか？」

今度はプルプルと首を振るアンナ。

「息子が出来なかったのは運命、卓越した技術が失われるのもまたロマンの添え物――って言ってたです」

「相当愉快な性格だったみたいだな」

その言い分は分からなくはない――部外者としてなら、だ。

歴史好きの知りあいから似たようなことを聞いたことがある。

何かが失われたり、語り継がれなかったりというのがあるのも、歴史の面白さの一つだ、みたいなことを言ってた。

だから部外者がそういうのは分かるが、本人の口からそういう言葉が出てくるのはちょっと面白い。

「ってことは、伝説とまで謳《うた》われたガイア・ククルスの技術は全部失われたってわけか。もったいないないな」

「……」

「アンナちゃん……？」

俺の感想に、アンナがいきなり押し黙ってしまった。

相づちさえも打つことなく、スカートの裾《すそ》を摑《つか》んで、下をうつむいてしまう。

その反応にコウネリアは不思議がって、顔をのぞき込むが。

「ごめんなさいなのです！　そういうことなのです、それじゃ！」

アンナは弾かれたかのような勢いで立ち上がり、俺たちにパッと一度頭を下げた後、まるで逃げるように店から立ち去った。

「どうしたんだろう」
「ふむ。後を追いかけるぞ」
「え？　追いかけるの？」

驚くコウネリア。

「あの子の父親はもういないし、大工の技術ももう失われたんじゃないの？」
「……まあ、そうだが」

俺はアンナの方を向いて、フッと微笑《ほほえ》み返して。

「せっかくの可愛い子だ、もっとじっくり話を聞きたい」
「……」

コウネリアは呆れたような、複雑な表情をした。

彼女にはあえてまだ言わないでおいたが、俺ははっきりと確信した。

ただの【予言】だけじゃ、スキルじゃ本当にそうなのかどうか不安な感じもしたけど、あの反応から俺は確信した。

アンナは、父親と大工の技術について、まだ何か隠しごとをしている。

これはもう、「勘」なのだ。

【予言】をさらに解読できたというわけではない、解読できた分で彼女だと特定できたわけでもない。

それでも、この出逢いと彼女の身の上、そしてあの反応。

俺の勘が、アンナを追いかけろといっているのだった。

# 39話

THE STRONGEST HAREM OF NOBLES

EP.39

「ククルスの娘？」

食堂を出てアンナを追いかけようとしたが、見失ってしまった俺たちは、いったん大工ギルドに戻ってきた。

そしてさっき来たときに唯一俺たちのことを見ていて、俺たちがアンナに話しかけたところも見ているはずの、カウンターの向こうの男に話しかけた。

カウンターの向こうにまさしく「鎮座《ちんざ》」っていう佇《たたず》まいでいる中年男は眉《まゆ》をひそめ、警戒心を露わに俺を見つめ返してきた。

最初は「何か依頼が？」ってにこやかに出迎えた男は、アンナ——ククルスの娘と聞いた途端、眉をひそめたのだ。

俺はまず男の警戒を解くことにした。

街の入り口のところでも使った、名刺代わりの黄金のコインを取り出して、テーブルの上に置いた。

「これは……」

「ユウト・ムスクーリ。当主の三男だ」

「当主様のご子息でしたか」

男は立ち上がって、丁寧《ていねい》に腰を折った。

「私はマーク・ダンサーと申します。ここの支部長をさせていただいております」

「そうか」

俺は頷き、コインを取って、懐《ふところ》にしまった。

「怪しいものではない、あの子――アンナのことを聞きたい。何か知らないか」

「そうですね……」

「何かわけありか？」

マークは一瞬だけ驚いたが。

「まあ、わけありといえばわけありですね」

と、落ち着いた分、今度は玉虫色の返事をしてきた。

俺は頷き、ポケットから一枚の金貨を取り出して、カウンターの上においてマークの前に差し出した。

さっきのとは違う、普通に通貨として流通している金貨だ。

口を割らせるための情報料。

情報を手に入れるのにただとは端《はな》から思っていないから、それを突き出した。

ある意味、札束で頬《ほお》を殴《なぐ》るような行為だが、こっちの方が早いと思った。

それに、この世界の貴族の基本の一つに、ケチケチしない——というのがある。

貴族には力がある。力がある人間は、ない人間に分け与えるものだ。

ノブレスオブリージュ——貴族の義務の一つにそれがある。

それをどういう解釈をするにせよ、「ケチケチはしない」というのは共通した解釈になる。

だから俺は、ほぼノータイムで金貨を差し出した。

マークは金貨を見て、微苦笑した。

「そういう類《たぐい》のわけありではありませんよ」

微苦笑したマークは、情報料を要求したわけじゃない——と言外に言った。

そうだとしても、俺はあえて金貨を引っ込めずに、そのまま置いておいた。

「なぜあの子のことを探っているのですか？」

「そっちは逆に木戸銭をもらわないと話せないな」

「……ムスクーリのご三男は出来物《できぶつ》とお聞きしましたが、噂《うわさ》に違《たが》わぬお人ですな」

「俺が噂になっているのか？」

「ええ、ご長男のお兄様との比較で、何かと」

「それを言っていいのか？」

「噂通りなら、あなたには大丈夫でしょう」


マークはにやりと、いたずらっぽく笑った。

どういう噂をされているのかは知らないが……まあ、なんとなく想像はつく。

「分かりました、そういうことならお話ししましょう――ですが、どこから話せばいいのやら」

「アンナは建築をやろうとしているのか？」

「……どうなのでしょうね」

「どういうことなんだ？」

「ガイアとはそこそこの付き合いでしてね、直接聞いたこともあるのですよ」


マークはそこで一旦言葉を切って、微苦笑を浮かべながら続けた。

「あの子はガイアのことを尊敬していましたよ。仕事場にもいつも入り浸って、実際に施工《せこう》している現場にも何度か潜入していましたね。三歳くらいの幼いころでしたから、ひやりとする場面もあったとか」

「建築現場だとそうだろうな」

俺は頷《うなず》いた。

そういう光景がありありと想像できた。

小学校に入る前の幼い女の子が、建築現場でてくてく歩いている光景を想像した。

アンナが着ている服が服なだけに、幼い姿がより簡単に想像できた。

正直、可愛《かわい》らしさとか微笑《ほほえ》ましさよりも、「危険だ」という感想のほうが先に出てしまう。

「実際、一度事故のようなこともあったのですよ」

「どんなのだ？」

「現場の建材があの子の目の前、鼻先をかすめるほどの距離で倒れてきたらしい。あの子が父親に駆け寄るところでしてね、あと数秒違っていたら即死でしたよ」

「……そうか」

それもまた、容易に頭の中で想像できてしまう光景だった。

「それからというものの、あの子は父親の現場には顔を出さなくなった。ほどなくしてガイアはあの子にあのような服を着せるようになって、口では『男が欲しかった』と言うようになりましたよ」

「…………娘を危険から遠ざけたかったのか?」

「私はそう思っているのですが。実際は分かりません」

「そうか」

マークはそう言って、またまた、複雑そうに微笑むのだった。

☆

大工ギルドを出て、マークから教えてもらったアンナの自宅へ向かう。

まるっきり個人情報なので、元の世界だと教えてもらえなかっただろうが、こっちの世界はそういう考え方はないし、俺は領主の息子だからあっさり教えてもらえた。


大工ギルドから歩いて十分くらい、普通の一軒家にやってきた。

マークから聞かされた住所のメモを確認する。

どうやら合っているようだ。


「ここか」

「……」

「どうした？　コウネリア」


真横でコウネリアが不思議がっているのが気配でも伝わってきた。

俺は横を向いて、彼女に聞いてみた。


「ガイア・ククルスって有名な大工さんなんですよね」

「建築家も兼任だな。それがどうした」

「貴族の屋敷で、ギミックのついた建物をたくさん造ってるのよね」

「ああ」

「なのに自分の家は……こんなに普通なのか、って」

「なるほど」


俺は頷いた。

目の前にあるガイアの家――ククルス邸を改めて見た。

それは本当に、なんの変哲もない普通の家だった。

まわりの家、街並みとほとんど同化できてしまうくらい普通の家だった。

強《し》いていえば敷地がまわりの家に比べて少し広いくらいだが、それにしたって二倍も差がついていない、やっぱり普通感があふれる家だった。

「確かに、ガイア・ククルスが手がけた建物の話はよく聞くが、全部が貴族のものだな。材料費が惜しみなく使える貴族の屋敷で遠慮《えんりょ》なく金を使ってたってことだろう」

「そっか」


コウネリアは納得した。

俺は家に近づき、ドアをノックした。

何回かノックしてから、ドアがゆっくり開いた。

「あっ」

「よっ」

現れたのは、別れた時と同じ可愛《かわい》らしい服を着たアンナだった。

「どうしてここを……？」

驚くアンナ。

俺はふっと微笑みかけながら、答える。

「話があってな。ちょっといいか？」

「……はいです」

アンナは少し迷ったが、ドアを開け放って俺たちを招き入れた。

「やっぱり普通……」

中に入ると、コウネリアが思わず声に出してつぶやくほど、家の中も普通だった。

庶民《しょみん》の家となんら変わりない――いや庶民の家そのものだった。

俺たちはアンナに案内されて、リビングに通された。

やっぱり普通なリビングの中、俺たちはテーブルを挟んで向かい合って座る。

「アンナに聞きたいことって、なにですか？」

「その前に――ここはずっと父親と住んでいたのか？」

「はいです」

「そうか。ガイア・ククルスの噂からは想像できないくらい普通の家だったもんだな」

「お父さんは言ってたです。『俺は施主からインスピレーションをもらって、その人に合った家を造る。俺自身はなんの面白みもない凡人《ぼんじん》だから、結果的にこんな家になった』って」

「そんなことを言ってたのか」

「はいです」

「ガイア・ククルスが凡人ってことは決してないんだが……自己評価が低い人間だったのかな」

今ひとつ納得しがたい感じがしたが、それもまあない話じゃないかな、とは思った。

世の中には自己評価が低い人間はかなりの数がいる。

大成功を収めた有名人でも、自分のことなんて全然ダメだ、と思う人間はいる。

逆に大したことがないのに、自己評価が高くて無駄なプライドを持つ人間もいる。


そういうのってままならないもんだ、ってなんとなく思った。


「聞きたいことはそれなのです？」

「ああ、いや。本心を聞きに来た」


俺がそう言うと、アンナが驚いた。

俺の勘は相変わらず、彼女が【予言】の示す先だといっている。

彼女を攻略すれば、荘園《しょうえん》――ひいては俺の土地に凄腕《すごうで》の大工を引き入れるきっかけになる、そう信じている。


マークの話を聞いてからこっち、その確信がますます強くなった。

だから、彼女を攻略しに来た。

そしてまずは、彼女に隠された本心を聞こうとした。

三歳くらいのころに起きた事故の後に口にしなくなった本心。

「お前、もしかして父親の後を継ぎたかった——」

「そんなことないです!」

被《かぶ》せ気味で、即答してくるアンナ。

今までの受け答えとはまったく違った反応。

これで俺はますます確信する。

彼女の本心が別にあることを。


俺は少し考えて、言った。

「コウネリア、少しの間、耳を塞《ふさ》いでてくれ」

「え? あ、うん」

何をいきなり――と思ったようだが、コウネリアは言われた通りに耳を塞いだ。

バニーのうさぎ耳ではなく、ちゃんとした自分の耳だ。

バニーのほうを押さえる小ボケをなんとなく想像したが、忘れることにした。

そして、このやり取りを見て不思議がるアンナに振り向く。

「俺な、異世界から転生してきたんだ」

「え？」

「十数年間隠してた秘密だぞ」

「は、はあ……」

「あんたの心の秘密も教えてくれ」

「そんなの――」

ないです、とアンナが言いかけた。

【等価交換】

旅芸人エリンを抱いて、進化コピーさせたスキル。
何事も等価交換を強《し》いることができる、ほとんど使えないスキル。

俺は十数年間、誰にも言わなかった秘密を教えた。
そしてスキルを使った。

アンナに、同じように十数年間隠しているであろう心の秘密を要求する。

すると、アンナは息を呑《の》んだ。
目を大きく見開いて、小さい肩をわなわなと震わせた。
やがて、彼女の目からぼろぼろと大粒の涙がこぼれる。

「お父さん……お父さんと同じ仕事がしたいです……」

【等価交換】の価値、俺と同じように、十数年間隠匿《いんとく》していた心の秘密。

「アンナちゃん!?　何を言ったの!?」

目の前の状況に驚き、さすがに耳を塞いでいられなくなったコウネリア。

俺に詰問してくるが——直後、状況がさらに変わる。

ごごごごご——と地響きがしだした。

「な、なに!?」

「危ない！」

俺は立ち上がって、コウネリアを抱き寄せて下がり、同時にアンナを押しのけた。

前後に分かれた形になった俺達、その間の地面がパッカリと割れた。

いや、地面だけじゃない。

「な、なにこれ……」

「いえが真っ二つなのです……」

驚く二人の少女。

俺は驚いていなかった。

「あれと同じだな」

「え？」

「全部の鍵《かぎ》が開いたときに割れる池」

「え？　あっ……」

ハッとするコウネリア、そして割れていく家の対岸に立ってて、開いていく地面の下から出てくる階段を見つめるアンナ。

そんなアンナに、俺は言った。

「お前が本音を言ったら現れる仕掛けとして造ったんだろうな」

「えっ……」

アンナは信じられない表情をしつつ、更にポロリ——と涙がこぼれたのだった。

# あとがき

皆様初めまして、あるいはお久しぶり？

台湾人ライトノベル作家の三木《みき》なずなです。

この度《たび》は拙作《せっさく》『異世界最高の貴族、ハーレムを増やすほど強くなる』の第2巻を手に取って頂きまして誠にありがとうございます。

先だって刊行された第1巻は皆様のおかげで、なずなの書き下ろしシリーズとして初の重版作品となりました。その勢いをかってこうして続きの刊行ができました。

本当に皆様には感謝の言葉もありません。

更に「水曜日はまったりダッシュエックスコミック」にてコミカライズも連載中ですので、そちらも何卒《なにとぞ》よろしくお願いいたします。

三巻を皆様にお届け出来ることを祈りつつ、筆を置かせて頂きます。

二〇二二年四月某日　なずな　拝

ダッシュエックス文庫

# 異世界最高の貴族、ハーレムを増やすほど強くなる2

三木なずな

2022年5月30日　第1刷発行

★定価はカバーに表示してあります

発行者　瓶子吉久
発行所　株式会社　集英社
〒101−8050　東京都千代田区一ツ橋2−5−10
03(3230)6229(編集)
03(3230)6393(販売／書店専用) 03(3230)6080(読者係)
印刷所　大日本印刷株式会社



ISBN978-4-08-631471-8 C0193